ベリーズ文庫

政略婚姻前、冷徹エリート御曹司は秘めた溺愛を隠しきれない

紅カオル

STARTS
スターツ出版株式会社

目次

政略婚姻前、冷徹エリート御曹司は秘めた溺愛を隠しきれない

政略婚姻前、冷徹エリート御曹司は
秘めた溺愛を隠しきれない

プロローグ

　街を一望できる高層階の一室で、桜羽《さくらば》貴俊《たかとし》は封筒の封を開け、取り出した書類の文字を目で追った。

「なぜ、そうまでしてお探しに？　もうすでに辞めた者ですが」

デスク脇に立つ秘書室長の糸井《いとい》が不思議そうに問いかける。面識のない人間を探す、貴俊の行動が理解できないのだろう。

　貴俊は顔をすっと上げ、芯の通った静かな眼差しで彼を見た。

「彼女が〝雪平明花《ゆきひらめいか》〟だから」

　それ以上でもそれ以下でもない。ただそれだけだ。

　貴俊の答えが腑に落ちないのだろう。糸井は首を僅かに捻り、不可解そうに眉根を寄せた。

政略的結婚の行方

喜怒哀楽が伴った思い出は、記憶に鮮明に残るという。中でも怒りと悲しみは、特にその傾向が強いのだとか。

雪平明花は目の前の建物を見上げ、日に日に暖かさを増しつつある三月中旬の空気には不釣り合いな重い息を深く吐き出した。

オフホワイトの壁にオレンジ色の瓦屋根、レンガをポイントに配した南欧風の邸宅は、二十六歳の明花が大学を卒業するまで暮らしていた家である。

いい思い出のないこの場所へはできれば来たくなかったが、大事な話があると父から連絡があり、仕方なくやって来た。

インターフォンに家政婦が応答する。明花が家を出てから雇われた女性だ。

ほどなくして、父の秋人《あきひと》が自らドアを開け出迎えた。

「お父さん、お久しぶりです」

明花は肩より少し長い髪を片方の耳にかけ、軽く頭を下げる。

「よく来たね、明花」

会うのは一年ぶり。たまには一緒に食事をしようと誘われ、フレンチレストランで夕食をともにしたきりだ。

還暦を迎えれば当然だが、七三に分けた秋人の髪には白いものが多くなり、目尻の皺も深くなった。少し痩せたのか、背が高くがっちりとしていた体形はここ一年でほっそりしたようだ。

もともと優しい感じを受ける見た目は、さらにその印象が強くなったように明花には見えた。

「お義母《かあ》様とお義姉《ねえ》様は？」

声を抑え、探るように尋ねる。ふたりとは極力顔を合わせたくない。

明花が実家から足が遠のく理由をよく知る秋人だから、彼女たちがいないのを見計らって呼んだのではないかとかすかな期待を抱いたが……。

「中にいる」

そうではなかったようだ。

秋人が家の奥を親指で差しながら答える。そもそもふたりきりで話すのなら、わざわざここへ明花を呼ばずに外で会う算段をするだろう。

「悪いな、明花」

顔を曇らせた明花を見て、秋人はハの字になるほど眉尻を下げた。

「ううん……。それで話って？」

「ここじゃなく中で話そう」

少し強引に明花を促し、秋人が玄関のドアを閉める。

（大事な話って、いったいなんだろう。それもこの家に呼び出してまでなんて……）

不安を覚えながらも出されたスリッパに履き替え、明花は秋人の背中を追った。

通されたリビングに義母と義姉はおらず、密かにほっとしながら足を踏み入れる。

就職を機に明花がこの家を出たあとにリフォームしたのか、内装が様変わりしていた。

ダークブラウン色だった床はナチュラルカラーになり、白いモールディングの腰壁が高級感を醸し出す。当時ゴテゴテしていたリビングのシャンデリアは、シンプルなペンダントライトになっていた。

この家は明花にとって実家という認識はもともと薄いが、ガラッと印象が変わったため、完全に他人の家と化す。明花はお客さん気分だ。

秋人はひとり掛けのソファに、明花はその向かいの三人掛けのソファの隅に腰を下ろした。

家政婦が四人分のお茶を置いて、部屋を出ていく。

秋人がどことなくソワソワしているせいで、明花まで落ち着かない。すぐに話を切り出さないところを見ると、義母と義姉を待っているのだろう。

（四人で顔を突き合わすなんて、本当にどんな話なのかな……）

それとなく秋人に目線を送ってみたが、ちょっと待ってという意味か頷き返されるだけ。意図が読み取れない。

ほどなくして賑やかな話し声とふたり分のスリッパの音が近づき、ドアが開く。義母の照美《てるみ》と、明花とは二歳違いの義姉・佳乃《よしの》が現れた。

「……こんばんは」

咄嗟に立ち、明花から挨拶をする。ズーンと重くなった胃に手をそっとあてた。

「あら、珍しい人がいるわね」

秋人から聞かされていなかったのか、明花を見た途端、照美の顔色が変わる。

それとも知っていたうえでの嫌味なのか。嫌悪を隠しもせず片方の眉をつり上げ、一重瞼の目を糸のように細めた。

パーマでボリュームをもたせたショートヘアの耳元から、大ぶりのパールのイヤリングを覗かせる。胸元のネックレスとお揃いだ。

「今日はお父さんに呼ばれて……」

目線を下げたまま答えた。

「秋人さんに？」

「なんの用で明花をここに呼んだの？」

険しい表情の照美に続き、佳乃も不快感をあらわにする。母親とよく似た顔立ちをした佳乃は、照美以上に鋭い目で明花を見た。

毛先をくるんと巻いたロングヘアを後ろにかき上げてから、胸の前で腕を組み仁王立ちする。

ふたりから発せられる嫌悪感が凄まじい。明花への拒絶反応を全身で示していた。

そうされるとわかっていても萎縮してしまい、肩を小さく丸める。急に空気が重く感じられて呼吸がしづらい。

「じつは大事な話があってね」

「大事な話？　どうして明花まで？」

照美は、明花は純粋な雪平家の人間でもないのにと言いたいのだろう。

その認識は合っているため、明花が冷遇されるのも仕方がない。明花は、秋人と愛人との間にできた子どもなのだ。

明花が四歳のときに母はこの世を去った。病気が判明してから僅か一カ月後のことだったと聞く。両親を早くに亡くしていた母には兄弟もおらず、結果、明花は天涯孤独の身となってしまった。

見かねた父、秋人が周囲を必死に説得し、明花は認知されたうえでこの雪平家に引き取られたのだ。

ただしそれには秋人が遺言状を作成し、明花には遺産を相続させないことを明記するという条件があった。明花にいたっては成人した際に、相続の遺留分を放棄する旨の証書を書かされている。明花がこの家に引き取られるにあたり、事が容易に運ばなかったのは言うまでもない。

そもそも夫が外で作った子どもを引き取った照美こそ被害者だろう。明花に辛くあたるのも当然だ。

そしてそれは佳乃も同様に。半分血が繋がっているとはいえ、母親を悲しませた女の子どもを妹と思えなくても仕方がない。

「それにしても、ますますあの女に似てきて不愉快だわ」

照美が吐き捨てるように言う。〝あの女〟とは明花の母親にほかならない。

夫の愛人にそっくりな女が目の前にいれば不快になるのも無理はないため、明花は黙って俯く以外にない。

母が亡くなったのは明花が四歳のときだったため記憶にはないが、秋人からもらった写真の中の母は、自分ではないかと疑うほど似ている。知らない場所で知らないうちに撮影されたもののように。アーモンド形の目やふっくらとした唇、色白の肌など、それこそ生き写しなのだ。

「とりあえず座って話さないか」

秋人に促され、ふたりは不満そうに顔を見合わせながら腰を下ろす。照美は秋人の隣のひとり掛け用ソファに、佳乃は明花が座る三人掛けソファの端にそれぞれ座った。なんともいえない重苦しい空気が立ち込める。照美と佳乃の冷ややかな視線を感じるから、居心地は余計に悪い。

「それで話って？」

佳乃に急かされ、秋人が深刻な様子で重い口を開く。

「じつは『雪平ハウジング』の業績が芳しくないんだ」

雪平ハウジングは、秋人が社長を務める工務店である。その名の通り住宅建築を生《なり》業《わい》とする、従業員百五十名ほどの中規模の企業だ。

大手のハウスメーカーはもちろん根強い人気があるが、地元に根差し、地域の特性や気候に合った工法を売りとした雪平ハウジングは地域一帯では推されている。

その業績が芳しくないとはいったい何事か。

肩を上下させて息を吐き出しながら、秋人は唇を噛みしめた。

「どういうことなの、あなた」

「まさか倒産なんてことはないわよね？　お父さん」

照美と佳乃が焦って食いつく。ふたりとも座ったまま身を乗り出した。

「今すぐどうという話ではないんだが……。資金難であるのは事実で、相当厳しい」

「ええっ、そんなこと私たちに言われても困るわ！」

「原材料原価の高騰が一番の要因でね。やはりその点は大手には敵わない」

木材やコンクリート、鉄材などの材料費を抑えるには大量に仕入れるのが手っ取り早いが、大手が仕入れる量とは規模が違うため、中小企業ではどうしても割高になるだろう。

「人材の確保も厳しくなってる。ここ一年のうちで腕のいい職人が何人か大手に引き抜かれてるんだ。おかげで社員たちの士気も下がって……」

「それなら大手より給料を上げて引き留めたらいいのに」

「それができたら苦労はしないよ」

佳乃の言葉に秋人は深いため息をついた。悪循環に陥り、どうしたものかと悩ましいのだろう。

秋人がこの一年で痩せたのは心労のせいもあるのかもしれない。

(もしかしたら会社を畳もうとしているの?)

だから三人をここへ招集したのではないか。

明花は気を揉みながらも、押し黙ったまま父たちを見守る。不用意に口を開けば、怒りの炎に油を注ぐだけだ。

「じゃあどうするの? このままじゃまずいんでしょう?」

「私、お父さんの会社が倒産なんて困るし嫌よ。なんとかして」

一番困っているのは秋人だろうに、照美と佳乃が興奮気味に煽《あお》る。

夫や父親の不貞を理由に散財し、贅沢を美徳としている節のある彼女たちにとって倒産は耐えがたいだろう。

「じつは資金援助を申し出てくれている会社があるんだ」

「なんだ、そうなの。それを早く言ってよ、お父さん。無駄な心配をしたじゃない」

「そうよ、あなた。ハラハラさせないで」

「そんなつもりはない。悪かった」

それまで身を乗り出していた佳乃は呆れたようにソファの背もたれに体を預け、照美は隣に座る秋人の肩を軽く叩いた。

不安が募り落ち着かなくなっていた明花も、ほっと胸を撫で下ろす。

(援助してくれる会社があるならよかった……)

このまま倒産まっしぐらにでもなったら、明花は照美と佳乃から〝疫病神のせいだ〟と罵られかねない。それは当然の報いだとわかっていても慣れない言葉だから。

「だけど、どこの会社が助けてくれるの?」

「『桜羽ホールディングス』という会社なんだ」

「桜羽ホールディングスって、あの⁉」

照美と佳乃が声を揃えて驚く。口にこそ出さなかったが、明花の驚きも同じだった。

桜羽ホールディングスは、不動産や開発、建設会社をグループ傘下に置く日本有数の巨大な企業体である。テレビCMや広告など、名前を聞かない日はないと言ってもいい。

「それじゃ、グループ傘下に入るの?」

佳乃が尋ねる。

「そうなるだろうな。グループ企業と共同で行えば、原材料の調達も安く済む。資金援助はもちろん、人材の確保にも手を貸してくれるそうなんだ」

なんと好都合な話だろうか。そうなれば秋人の懸念は一気に解消される。至れり尽くせりだ。

「ちょっと待って、経営権はどうなるの？」

「それは私だが、会計監査は入るだろうな」

「えっ……」

照美は言葉を詰まらせた。

雪平ハウジングは親族経営であり、名前だけとはいえ照美も取締役に名前を連ねている。監査と聞いて狼狽するのも無理はないだろう。

明花もこれまで就職先で経理部に在籍した経験があるが、悪事を働いていなくても〝監査〟という言葉には敏感になるし、怖いものだ。

「だけど、どうして桜羽ホールディングスがお父さんの会社を援助する話になったの？」

佳乃の疑問はもっともだと明花も感じた。

そんな大企業が、なぜ中規模の工務店に目をつけたのか。

「うちが売りにしている高断熱工法の仕組みを、グループ企業のハウスメーカーで取り入れたいそうだ」

「うちの企業秘密を教えてしまうの？」

「それに見合うだけの援助はしっかりしてくれるそうだ。なにより倒産の危機を回避できるのは大きいだろう。うちの従業員を路頭に迷わせるわけにはいかない」

照美の質問に答える秋人に迷いは感じられなかった。おそらくすでに決意を固めているに違いない。

ところがそんな秋人が次の瞬間、表情を曇らせる。

「ただ……」

「ただ、なに。どうしたの？」

「それにはひとつ条件がある」

工法の仕組み以外にいったいどんな条件があるというのだろう。

明花だけでなく照美も佳乃も、秋人の言葉を聞き漏らさないようにと耳を傾けた。

「桜羽ホールディングスの次期社長、桜羽貴俊くんとの結婚を提示されているんだ」

「結婚⁉」

照美と佳乃が声を揃えて聞き返す。

それは衝撃的な条件だった。いくら秋人が社長とはいえ、雪平家が日本を代表する大企業から結婚を打診されるとは思いもしない。格が違い過ぎる。

明花は目を丸くしつつ、今夜ここへ呼ばれた理由がようやく理解できた。

秋人の会社の現状と、佳乃に舞い込んだ縁談を報告するためだったのだ。大企業との婚姻は、一応は雪平家の一員である明花にも多少なりとも関係するから。

愛人の娘として表に出ず、目立たずにいてほしいと釘を刺す思惑もあるだろう。

（だけど〝桜羽貴俊〟って、どこかで見聞きしたような……）

有名な企業の御曹司だから、なにかでその名前を見かけたのかもしれない。

「そうなんだ」

「まさか私に、その人のもとへ嫁げって言うの？」

「佳乃に政略結婚なんてさせられないわよ。その苦労なら私が一番よく知っていますから」

佳乃が眉根を寄せて不満をあらわにすれば、照美もそれに続く。最後のひと言は、明花をチラッと横目にした。

秋人と照美は政略結婚である。

当時、照美の実家は内装業を営んでいたが、経営が傾き、地元密着型の工務店として徐々に規模を拡大しつつある雪平ハウジングに助けを求めた。

今は亡き前社長である秋人の父親は、雪平ハウジングで発展途上にあった内装分野の強化に繋がると考え合併を提案。互いの子ども同士の婚姻関係を結び、より強固な関係を目指したのだ。

照美は〝政略結婚なんてしたから夫に浮気をされ、挙句の果てにはその相手は妊娠。子どもまで産まれ、認知までさせられた〟と皮肉りたいのだろう。彼女の視線が痛いほどそう言っていた。

明花は立つ瀬がなく、体を小さく丸めるしかない。

秋人もその点については面目なく感じているのだろう、言い返さずぐっと言葉を呑み込んでいる様子だった。

「私も政略結婚なんて嫌よ。桜羽グループの御曹司っていったら冷酷って噂だし、そんな大きな会社の跡取りなのにメディアにいっさい顔出ししてないんだもの、きっと世間に顔を見せられないほど不細工に決まってるわ。いくらお金持ちでも、私はそんな人と結婚なんて絶対にしないから」

佳乃が息巻く。彼女は無類のイケメン好きである。

どこで情報を得るのか、富裕層をターゲットとした彼女独自のイケメンランキングがあるということを大学時代に人づてに聞いたことがある。そういった人たちにいかにして近づくか日夜試行錯誤しているのだとか。

もう四年以上も前に耳にした話だが、今もそうなのかもしれない。

（だけど今回ばかりはきっと、そうも言っていられないような……）

なにしろ父親の会社の未来がかかっているのだから。

「明花がすればいいでしょ」

「えっ、私？」

いきなり表舞台に上げられ、明花は思わず声が上ずった。

まさかそうくるとは想像もしていない。いくら佳乃が拒もうと、縁談は彼女が受ける以外にないだろうと思っていたところだったのだから。

「そうよ、あなたが結婚すればいい話じゃない。一応は雪平家の人間なんだから」

「でも、私では不相応では……。大企業の方がお相手ならなおさら、長女のお義姉様のほうが適任じゃないでしょうか……」

なにしろ明花は愛人の子どもである。純粋な雪平家の娘といったら佳乃だ。

決して押しつけるつもりはなく、先方に対して失礼ではないかと遠慮がちに言ったつもりだが……。

「私に口答えするの？」

癪《しゃく》に障ったらしく、佳乃が険しい顔をして明花を見る。

いつもなら『愛人の子は雪平家の恥』と罵るのに、都合が悪くなったため『雪平家の人間だ』と手のひらを返してきた。

（お父さんの会社の存続がかかった大事な局面なのに正気かな……）

明花の額に嫌な汗が滲む。

「そうね、明花が嫁いだらいいわ。政略結婚なんて浮気されるのがオチだもの」

照美まで娘と結託し、激しく同調する。

「お母さんもそう思うでしょう？」

「ええ、佳乃の言う通りよ。私たちに恩返しをする絶好の機会じゃないの。あなたの母親には慰謝料だって請求できたのよ？　それをせず最後には認知まで許したっていうのに」

照美の鋭い眼差しが明花に飛んできた。拒否を許さない断固とした姿勢だ。

佳乃まで〝まさか断るつもり？〟と目で言っている。

いくら冷遇されてきたとはいえ、幼い明花が生きてこられたのは彼女たちのおかげである。それは覆せない事実だ。ふたりが認めなければ、明花は施設で暮らしていただろうから。

そういったところで育った高校時代のクラスメイトは、施設に対してあまりいい印象を持っていないようだった。

もちろんそんな施設ばかりではないと思うが、肩身が狭いにせよ明花が父親と暮らせたのは、秋人のお願いにふたりが首を縦に振ったからにほかならない。

「照美も佳乃も、よしなさい」

見かねたのか、秋人が制すと、照美は眉を左右非対称につり上げた。

「よしなさいって、そもそも誰のせいでこんな話になっていると思ってるの。全部あなたのせいでしょう？　浮気して子どもを作って、今度は会社の経営が悪化？　そんなの知らないわよ」

「それに関しては私の不徳の致すところだ……。だが明花に責任はない。責めるなら私だけにしてくれないか」

「お父さん、私は平気だから」

場を収めようとする秋人を取りなす。悪態をつかれるのは慣れているし、明花を庇えば秋人の立場がさらに悪くなるだけだ。

（私だけならまだしも、家族の中でお父さんの地位を今より下げたくない）

ふたりの怒りの矛先は明花にだけ向くのが一番。幼い頃この家に引き取られてから、明花はずっとそうして生きてきた。明花が耐えれば済む話だ。

「いつまでもそうやってふたりで傷を舐め合っていればいいわ。とにかく私は、そんな結婚はしません。あとはお父さんと明花のふたりでやって」

「そうね、自分の尻ぬぐいくらいしっかりやってちょうだい」

佳乃と照美がまくし立てるように言いながら立ち上がる。恨みのこもった眼差しを明花と秋人に向け、わざとらしくスリッパの音を立ててリビングから出ていった。

ふたりだけになった途端、部屋の空気が軽くなった気がする。明花は無意識に息を細く吐き出した。

「本当にすまない。父さんが不甲斐ないばかりに、明花には小さい頃から苦労ばかりかけて……」

秋人は肩で息をするように上下させる。ふたりから辛辣な言葉を投げられ、意気消沈してしまったみたいだ。

「そんなのいいの、お父さん」

明花は四歳で雪平家に引き取られたときから厳しく家事を仕込まれてきた。料理はまだしも、掃除や洗濯はほぼ明花の仕事。しっかりできなければ食事を与えてもらえないこともあった。

見かねた秋人がこっそりおにぎりを準備してくれたときもあったが、出張で不在のときには丸一日食事をとれないときもあった。

亡くなった母がクリスマスに買ってくれたクマのぬいぐるみを『汚いから』と捨てられたときには、三日三晩泣き続けた。

母親のそんな対応を見て育った佳乃が、明花にきつくあたるのは自然な流れだろう。物が紛失すれば明花が盗んだと言い、なにかが壊れれば明花の仕業にするなど、すべてにおいて明花に責任転嫁してきた。

ある程度の年齢になり明花の出生の秘密を知ってからは、ますます助長したものだ。ふたりは外へ出ればそんな態度は微塵も見せないため、世間的には〝夫の愛人の子どもを引き取った、心優しい母娘〟と認識されていた。

明花自身もその境遇を受け入れなければ生きていけない。愛人の子であれば致し方のないこと。ふたりの気持ちを考えれば当然の仕打ちだと我慢してきた。

「それより、会社が大変な状態なのに知らずにいてごめんなさい」

就職を機にここを出てから、つい足が遠のいていた。少なくとも秋人はじつの父親なのだから、もっと気にかけるべきだったのにと後悔に見舞われる。

「いや、明花は気にしなくていいんだ。それよりさっきの話だが、もしも好きな人がいるのなら無理に進める必要はない。政略結婚など、最初から苦労するのが目に見えているから……」

秋人は目線を落とし、息を軽く吐き出した。

結婚当初から、秋人は照美とは馬が合わなかったと言う。しかし会社同士の繋がりがあるため性格の不一致で離婚はできない。

両家から希望されていた子どもはなんとか授かったものの、気性の荒い照美は些細なことで怒るため、秋人は常に疲弊していたらしい。そんなときに出会ったのが明花の母だった。

夫婦関係が破綻しているとはいえ不倫は許されるものではないが、初めて心から愛せる人と出会い、気持ちに歯止めが利かなかったのだと。

そうして産まれたのが明花だったため、母が亡くなったときには離婚も辞さない強い気持ちで保護に乗り出したという。

裕福な生活を手放したくない照美との利害が、ある意味一致したと言っていいのかもしれない。

「だけどあちらの条件を呑まないと援助はしてもらえないんでしょう？」

「まぁそうなるがね……。でも明花に幸せな結婚をしてもらいたいのも本心だから。明花が嫌だというのなら、ほかの道を探せばいい」

会社の発展のために意に沿わない結婚をした秋人だからこそ、娘に同じ道を歩かせたくない想いもあるだろう。愛する人の忘れ形見だからなおさらかもしれない。

そんな親心はありがたく、とても嬉しい。

でもこのままではそうして父親が守ってきた会社がなくなってしまう。それをなにもせずに眺めていることだけは、どうしてもできない。

これまで生きてこられたのは秋人の存在があったからであり、イヤイヤながらも明花をこの家に迎えてくれた照美と佳乃のおかげでもある。

恩返しをする絶好の機会と言っていた照美の言葉は、まさにその通りだ。

「お父さん、私でよかったら、その結婚お受けします」

会社を救うことで恩返しになるのなら、これ以上のものはない。きっと母も空の上で〝そうしてあげて〟と言っているに違いないから。

「……本当にそれでいいのか？」

「好きな人も恋人もいないから心配しないで。結婚で雪平ハウジングを守れるのなら」

明花に迷いはなかった。

第一、明花には現在も過去にも恋愛経験がない。憧れに近い好意なら抱いた経験はあるが、恋愛には発展しなかった。

学生時代には雪平家で暮らしていくことに必死だったし、家を離れてからは照美と佳乃からの嫌がらせへの対処で手いっぱい。とても恋愛どころではなかった。

「本当にすまないな、明花。ありがとう」

唇を噛みしめ、秋人が今にも泣きそうな顔になる。娘に対する申し訳なさと、会社が持ちなおす安堵が入り混じり複雑な気持ちなのだろう。

「だけど、どうして資金援助の条件のひとつが結婚なの？」

雪平ハウジングの工法を手に入れたいのはわかるが、結婚は桜羽ホールディングスほどの大企業が提示する条件とは思えない。

「それは父さんにも詳しくはわからないんだが……」

もしかしたら佳乃が言っていたように容姿に恵まれず、あまりの冷酷さのため縁談がことごとくうまくいかないのかもしれない。どの令嬢も遠慮したくなるほどの御曹司なのではないか。

資金に困っている雪平ハウジングであれば、喜んで縁談を受けるだろうと考えた可能性がある。

だからといって明花は、自分の申し出を取り消すつもりはないけれど。

「ただ父さんは、最初から佳乃を桜羽家に差し出そうとは考えていなかったんだ」

「そうよね、雪平家の大事な長女だもの」

いくら照美との関係が悪くても佳乃は純粋な雪平家の娘であり、大切な存在であるから。

(それは当然と思うくせに寂しく感じるなんてどうかしてるわ)

恩に背くような気持ちを抱いたため、急いで打ち消したが。

「そうじゃなくて、わがまま放題の佳乃では務まらないだろうと思ったからなんだ。大学を出てから働きもせず、人としての教育が行き届いていない佳乃ではあちらに失礼だからね。決して明花を軽んじているのではないとわかってほしい」

思いがけない理由を聞き、さらに結婚に向けての決意が固まる。

「でも私でいいのかな……」

「じつは、あちらからも明花をって話だったんだ」

「え？　そうなの？」

わざわざ愛人の娘を名指しするとは、ますます佳乃の見立てが正しいように思えてきた。しかし明花も腹をくくる。

「わかったわ、お父さん。結婚については心配しないで。私なら大丈夫だから」

ぞんざいな扱われ方には慣れている。夫になる人が非情だとしても、これまでの経験から耐え抜く自信はあった。

「ありがとう、明花」

秋人はもう一度お礼を言い、深く頭を下げた。

それからおよそ二週間が経った土曜日の午後、お見合いとは名ばかりの両家の顔合わせの場が、世界でも一流と名高いホテル『ラ・ルーチェ』のフレンチレストランに設けられた。

赤と黒を基調としたインテリアはモダンな雰囲気で、上質な時間を過ごせそうな空間だ。

膝丈まであるライトブルーのワンピースに身を包んだ明花は、四月初旬に相応しいやわらかな印象である。

先方より先に到着した明花たちは、緊張した面持ちで通された個室のテーブル席に並んで座った。高層階の窓の外には遠くまで街並みが広がるが、それに目を向ける余裕はない。

「そんなに硬くならないで」

そう言う秋人も、先ほどから額に滲んだ汗をハンカチで拭っている。

「わかってるんだけど……」

これから未来の夫となる人物に会うのかと思うと、どうしたって緊張してしまう。しかも、どんな人なのか顔すら知らないのだから。明花が持っている情報は、決して良いとは言えない噂話だけだ。

（いったいどんな人がここに現れるんだろう……）

結婚の覚悟はしているが、相手についてあまりにも知らないため不安を覚えずにはいられない。

父から縁談の打診があったあと、明花なりに相手についてインターネットで調べたが、佳乃が言っていたように顔写真の一枚も出てこなかった。

ミネラルウォーターで何度も喉を潤しては呼吸を整えていると、ドアが開き店の女性スタッフが顔を覗かせる。

「お連れ様がお見えになりました」

頭を下げたスタッフの後ろから、先に女性が姿を現した。

事前情報で同行者は相手の伯母だと聞いている。薄紅色の着物に身を包み、目鼻立ちがはっきりとした顔立ちの美人だ。夜会巻きのヘアスタイルが華やかな印象を醸し出す。

「お待たせして申し訳ありません」

「いえ、私どもも到着したばかりですので、どうかお気遣いなく」

秋人と揃って立ち上がり、頭を下げる。女性のすぐ後ろから現れた背の高い男性を見て、明花は思わず息を呑んだ。

予想していた容姿とは、まるでかけ離れていたせいだ。

意志の強そうな切れ長の目と高く通った鼻筋、上下均等の薄い唇などそれぞれのパーツの美しさもさることながら、それらが見事な調和を生み出している。サイドを整髪料で撫でつけた黒髪や三つ揃いのネイビーのスーツからは清潔感が溢れ、ダメ出しする点などひとつもないほど彼の容姿にはいっさい悪い点がなかった。

大袈裟かもしれないが、これほど優れた容姿の人間が同じ世界にいるのが信じられない。

思わず凝視していると、貴俊は凪いだ湖面のような瞳で明花を見つめ返した。少し冷ややかな視線なのは、明花が呆けたような顔をしたせいかもしれない。

弾かれたように目線を外し、急いで口元を引きしめる。明花たちの向かいの席に案内されたふたりに合わせて腰を下ろした。

「お初にお目にかかります、桜羽八重《やえ》と申します」

「初めまして、雪平秋人です。このたびは結構なお話を頂戴し、誠にありがとうございます。こちらが娘の……」

「明花です。よろしくお願いいたします」

八重の挨拶に続き、秋人の言葉を受けて明花も自己紹介する。

「桜羽貴俊と申します。本日はお忙しい中、お時間を作っていただきありがとうございます」

あまり抑揚のない言い方なのに、どことなくあたたかみのある声だ。貴俊は膝の上に手を置き、背筋を伸ばしたまま軽くお辞儀をした。

「本来であれば私の弟である貴俊の父親がここへ来るべきなのですが」

「いえいえ、大企業のトップですからお忙しいのは承知しております」

申し訳なさそうに詫びる八重を見て、秋人が慌てて首を振る。

貴俊の父親から、急な仕事でカナダへ発たねばならなくなったと昨夜、秋人のもとに連絡が入っていた。顔合わせの日時変更も考えたそうだが、貴俊の希望もあり予定通り執り行いたいと。

心から非礼を詫び、くれぐれも息子をお願いしますと託す謙虚な姿勢に、秋人は感心しきりだった。大企業のトップなのに格下の秋人をぞんざいに扱わないスタンスは素晴らしいと。

それでこそ日本を代表する会社のトップだとも言える。

「お気遣いをありがとうございます。普段私もアメリカで仕事をしているのですが、ちょうどタイミングよく帰国していたので、明花さんにお会いできて嬉しいです」

「ありがとうございます」

八重が品のいい笑みを向けてきたため、明花も秋人も慌てて頭を下げた。

ほどなくして運ばれてきたスパークリングワインで乾杯をする。フレンチのコース料理がゆっくりサーブされはじめた。

熟成イベリコ豚の生ハムの前菜は、季節の花である菜の花が散らされ、オレンジソースの色との彩りが美しい。もちろん味も抜群である。

「資金援助だけでなく、貴俊さんのような立派な方との縁談までご提案いただき恐縮です」

「雪平ハウジングさんの断熱工法は業界ではかなりの高評価ですから。それをグループ会社で共有させていただけるうえ、こちらから一方的に提案した縁談をお受けいただき、私のほうこそ光栄に存じます」

神妙な様子の秋人に、貴俊が紳士的な面持ちで淀みなく返す。日本屈指の企業を背負って立つ、次期社長の自信が全身から溢れていた。

そこで明花はますますわからなくなる。どうしてこれほどの男性が、わざわざ格下の会社との結びつきを婚姻で目指そうとするのか。高断熱工法を手に入れる対価なら、資金援助だけで十分だろう。

佳乃が言っていたような理由があるならまだしも、貴俊にそのような要素は見受けられない。冷酷かどうかはまだわからないが、少なくとも容姿のせいで縁談がことごとくうまくいかなかったというのはないはずだ。

むしろ肩書きと容姿だけで、女性たちがこぞって好意を向けてくるのではないか。恋人がいないほうが不自然だ。

（それともなにか違う原因でもあるのかな……）

もしかしたら彼は社会的な立場から、妻が欲しいだけなのかもしれない。愛だの恋だのは必要なく、世間体のために結婚するだけ。相手は誰でもいいのではないか。もしくは恋人が何人もいて、その存在を黙認するのが条件だとか。

愛人の娘として雪平家に引き取られた人間なら、多少の冷遇には耐えられるだろうと見越したからこそ、明花を指名したのかもしれない。むしろそのほうが好都合だ。

明花がそんな考えを巡らせているうちに、秋人と貴俊の間でビジネスの話が繰り広げられていく。それに加わる八重の話しぶりから、彼女もアメリカでなにか事業をやっているようだった。

兄妹揃って社長とは、さすが桜羽一族だと感心してしまう。やはり身近に成功者がいるのは大きいのかもしれない。

刺激を受けつつ聞き入っていると、八重がふと我に返ったように明花を見る。

「明花さん、ごめんなさいね。仕事の話ばかりしちゃって」

気づけば料理もデザートまで進んでいた。

風味が爽やかなレモンタルトを食べ終えた明花は、ナプキンで口元を拭う。

「いいえ、とても興味深いお話なので私も楽しいです。どうかお気になさらないでください」

明花自身、訳あっていろいろな業種を渡り歩いてきたため、特に知っている業界の話題は楽しく聞いていた。

「それはよかったわ。明花さんは聡明な方なのね」

「いいえ、決してそのようなことは……」

ただ楽しんでいただけで、深い造詣があるのではないと謙遜する。

「素敵なお嬢さんとのご縁、深く感謝いたしますわ」

「もったいないお言葉です」

かしこまって返しつつも、秋人はどこか誇らしげだ。娘を褒められて嫌な気持ちになる親はいないだろう。

「雪平さん、私たちがいると仕事の話になってしまうかもしれませんし、明花さんと貴俊だけでお話しするのはどうでしょうか」

「そうですね、そうしましょう」

八重の提案に秋人も快く頷く。

ふたりきりはちょっと……と及び腰になったが、当事者は自分だと明花はすぐに気持ちを切り替えた。

「明花、私は下のラウンジにいるから、貴俊さんとゆっくり話しておいで」

「はい」

秋人は貴俊に「よろしく頼みます」と告げ、八重と個室をあとにした。

デザートの皿が片づけられ、コーヒーがそれぞれの前に置かれる。

なにから話したらいいだろうかと考えながら、グラニュー糖を入れてスプーンでかき混ぜる。

（こういうときの質問の定番といったら……）

明花の頭の中には、もはやひとつしか浮かばなかった。

「あの、ご趣味は？」

そう尋ねた瞬間、彼がふっと笑う。意表を突かれて出てしまったような笑いだった。

「あ、いや、ごめん」

口元を押さえ、笑いを堪えるようにする。

不思議と嫌な感じがしないのは、それがやわらかい笑顔だったせいか。少なくとも嘲笑とは違った。

「すみません、変な質問をしてしまいました」

あまりにも定番過ぎて大後悔だ。仕事の話のあとだけに、もっと気の利いた質問はなかったのかと肩身が狭くなる。頭の中はさらに真っ白になってしまった。

「一緒に生活するうえで大事だと思いますよ」

貴俊はさらっと核心を突いた。

（一緒に生活……。私、この人と結婚するのよね）

彼の口から出てきた言葉が、明花に改めて結婚を意識させる。そのための顔合わせでここへ来たはずなのに、どうも現実味がなかった。

「それに、今ので肩の力が抜けました」

「ええ、これでも緊張していたので」

貴俊はおどけたように肩を上げ下げして微笑むが、きっと明花を気遣ったのだろう。

緊張していたようには全然見えず、むしろ堂々としている。

「趣味か……今は仕事がそれにあたるかな。……と言ったら、なんの面白みもない男と思われてしまいますね」

「いえ、お忙しいお仕事でしょうから」

趣味に割く時間がなくても無理はない。

「今度、一緒に楽しめる趣味を探しませんか？」

「えっ、あ、はい、ぜひ」

まさかそんな言葉をもらえるとは思いもせず、どんなことができるだろうと密かにワクワクした。

なんとなく話を繋げられてほっとしつつ、ひとつだけ気になっている点を思い出す。

「桜羽さん」

「貴俊と呼んでください。近々あなたも同じ姓になるのですから」

名字で呼んで早々、彼に訂正される。たしかにその通りのため、素直に受け入れるのが筋だし、明花は貴俊に従うまで。

「では……貴俊さんに確認させていただきたいのですが」

「なんでしょうか」

「本当に私でよろしいのでしょうか。すでにご存じだとは思いますが、私は愛人の子で……」

本来であれば佳乃がこの場にいてしかるべき。桜羽ホールディングスとしても対外的に格好がつかないのではないのか。

父の会社を救済するために自分の身を差し出すのも、たとえ冷え切った夫婦生活が待ち受けているのだとしても、明花はその点だけがどうしても気になっていた。

「まったくもって問題ありません。私も片親ですから」

「そうでしたか」

明花は事前に彼の家庭環境の情報を持っていなかった。

父親の会社を守るための結婚が目的であるため、必要なかったと言ってもいい。

「それに私は明花さんのご家族と結婚するのではなく、明花さん自身と結婚するのですから」

意外に思いつつ、家は関係ないと言われてほっとする。

彼が片親になった理由は詮索したくない。離婚したにせよ亡くなったにせよ、過去を掘り起こすのは酷だ。

「ありがとうございます。では改めてご挨拶させてください」

明花は両手を膝の上に揃え、背筋を伸ばした。

「このたびは父の会社を救ってくださりありがとうございます。至らない点がたくさんあるかと思いますが、よき妻になれるよう努めます。なにか気になる点やご要望がありましたら、なんでもおっしゃってください。全面的に貴俊さんに従います」

貴俊がどういう理由で明花との結婚を望んだのかわからないが、明花は彼の妻という役割を果たすのみ。

(大丈夫、どんな結婚生活が待ち受けようと、雪平の家にいたときに比べたらなんでもないわ)

召使いのごとく扱われていた頃を思えば、なんだって我慢できる。

「それじゃ、まずは……」

早速なにかあるようだ。貴俊はテーブルの上でゆったりと手を組んだ。

「敬語をやめたいと思いますがいいですか?」

「敬語を? はい、貴俊さんがそうおっしゃるのであればもちろんです。ですが、私は使わせていただけると助かります」

出会ったばかりの人と、いきなり敬語を使わずには話せない。

「それはキミに任せる。それから〝明花〟と呼び捨てにしても？」

一瞬ドキッとした。父親以外の男性にそう呼ばれるのは初めてである。

「は、はい。明花と呼んでください」

貴俊は満足そうに頷き、早速実行に移した。

「明花」

「……はい」

「結婚しよう」

まさか彼からプロポーズされるとは思わなかった。明花はそのつもりでここへ来たのであり、結婚は既定路線であったから。改めてそんな言葉を聞くとは想定外だ。

明花を真っすぐ見つめる貴俊の眼差しに思わずたじろぐ。

「まだ迷いが？」

貴俊はすぐに答えない明花を訝しげに見る。

「すみません、そんなお言葉をいただけると思っていなかったので驚いてしまって。迷いはありません」

この結婚で父の会社を救ってもらえれば、明花はそれで十分だ。

「じゃ、これも受け取ってくれるね？」

貴俊が内ポケットから取り出した小箱を見て、明花はさらに驚く。中から指輪が出てきたのだ。

緩やかなカーブを描いたリングのセンターには大ぶりのダイヤモンドが輝き、サイドにも小さなダイヤモンドがいくつかあしらわれている。とても贅沢なデザインだ。

（顔合わせ当日に婚約指輪まで用意されているなんて……）

あまりの急展開に口を半開きにして固まった。指輪の美しさに見惚れたせいもある。

「気に入らないデザインなら作りなおそう」

「い、いいえっ、違うんです」

貴俊がケースの蓋を閉めようとしたため慌てて引き留める。

「指輪まで用意していただいているなんて思わなかったので。とっても素敵です」

普段ジュエリーは身に着けないが、相当値が張るものなのは一見してわかる。

「それならよかった」

貴俊は箱から指輪を取り出し、明花のほうに差し出してきた。

「左手を貸して」

言われるままにおずおずと差し出す。

事前に知っていたら、せめてネイルを綺麗にしたのにと悔やむ。とはいえ、いつもなんの飾り気もない手だし、マニキュアを持ってもいない。

貴俊が明花の手を取り、薬指に指輪を滑らせていく。触れ合った手が気恥ずかしくて、頬が勝手に熱を持つ。

「……ぴったり」

思わずぽつりと呟いた。明花の薬指に収まった指輪は、あつらえたようにフィットしたのだ。

狐につままれたみたいに不思議で、貴俊を見る。

「サイズもそれで大丈夫そうだな」

「はい。でもどうして……」

明花の指輪のサイズがわかったのか。疑問の渦巻く瞳で問いかけたが——。

「合ったのならそれでいい。細かいことは気にしないでくれ」

貴俊はそこで指輪の話題を切り上げた。

きっとたまたま合っただけであって、合わなければリサイズすればいいと考えていたのだろう。出会ったばかりのため深く詮索するのも躊躇われ、明花もそれ以上の追及をやめた。

明花と貴俊はレストランを出て秋人たちと合流した。

エントランス前には桜羽家専属の車が待機しており、そこから降り立った運転手が明花たちにも恭しく頭を下げる。パールホワイトの車体が眩しい外国産の高級車だ。

「今日はありがとうございました。明花さん、あとで連絡します」

後部座席に乗り込んだ貴俊が、パワーウィンドウを下げて秋人と明花それぞれに挨拶をする。その奥で八重は頭を下げた。

彼らを乗せた車がホテルの敷地内を出るところまで見送ると、明花は肩を上下させて大きく息を吐き出した。

無意識に体に力が入っていたようだ。

「疲れたか？」

「うん、少しだけ。でも大丈夫。お父さんは？」

「父さんも平気だ」

顔合わせも無事に済み、ひと息といったところか、秋人は安堵したように顔を綻ばせた。

ラウンジでは八重と仕事談議に花を咲かせたらしい。彼女はアメリカで人材派遣業を営んでいるという。人材不足に悩む秋人にとって、有意義な話を聞けたようだ。

乗り込んだタクシーがゆっくり発進する。

「貴俊くんとはいろいろ話せたかい?」

「そんなにじっくりではないけど、うん」

なんとはなしに落とした目線の先に指輪を見つけ、今日の出来事が夢ではなかったのだと実感する。

(私、本当に結婚するんだ……)

いつかはそんな日がくるかもしれないと漠然と考えていたが、それが今、現実のものになろうとしている。どことなくふわふわと落ち着かない気分だ。

相手が大企業の御曹司という、人生で接点を持ちそうにない人物というのもあるだろう。

「明花、本当にすまないね。意に沿わない結婚がどれほど大変か、父さんが一番よく知っているというのに」

「気にしないで、お父さん。私は大丈夫よ」

秋人は申し訳なさそうに唇を噛みしめた。

言葉を借りるなら、意に沿わない結婚ではない。彼との間に愛はなくても、明花には雪平ハウジングを救いたいという〝意〟があるのだから。

どんな生活になろうと、雪平家での扱いを思えばなんでもない。

不意にバッグの中からスマートフォンがヴヴヴと振動を伝えてきた。

取り出してみると、それは貴俊からのメッセージだった。レストランを出る前に互いの連絡先を交換していたのだ。

【今日はありがとう。気になることがあれば気軽に連絡して】

短いメッセージの中に気遣いを感じられる。想像していたような人とは全然違うのかもしれないと、ふと思う。

【こちらこそありがとうございました。なにかあったらそうします】

明花もそう返し、スマートフォンをバッグに戻した。

胸が高鳴るキス

週明けの月曜日、明花はまだ誰もいない事務所の鍵を開け、掃除に取り掛かった。

『片野不動産《かたのふどうさん》』は明花が一年前からお世話になっている代理店である。

ひとり暮らしのアパートからは徒歩圏内——といっても歩いて二十分弱かかるが——で、駅からも比較的近く人通りが多い道路に面したビルの一階に位置する。

十階建てのそのビルは片野不動産所有であり、エステやネイルのサロン、美容院が入居し、ちょっとしたトレンドスポットでもある。

従業員は経営者の片野夫妻のほかに明花を含めて二名だけという、非常にこぢんまりとした会社だ。

明花は主に窓口業務と事務全般をもうひとりの女性と担当している。

今朝はこの春一番の暖かさ。今日は先週より薄手の上着でも、ここへ歩いてくるまでに汗ばむほどだった。

窓を開け、朝一の清々しい風を室内に取り込み、フロアのモップ掛けを済ませたあとはデスクを拭き上げる。

それらがちょうど終わる頃、元気な声が事務所内に響き渡った。

「おはようございまーす！　明花さん、今日もはやーい！」

時刻は八時半。始業時間ぴったりに現れたのは、ただひとりの同僚、田村万智《たむらまち》である。明花のひとつ年下、二十五歳の彼女は金色に近いワンレングスのボブヘアで、猫のように大きな目をしたかわいらしい女性だ。

「万智ちゃん、おはよう」

「いつも掃除を押しつけちゃってすみません」

バッグを急いでキャビネットにしまい、顔の前で両手を合わせる。

「私のほうが後輩なんだから気にしないで」

「そうですか？　それじゃ、もっとしっかりやりたまえ、明花くん。な〜んてね」

手を腰にあて、命令口調でおどけたあとにふふふと笑う。

万智は明花よりも半年ほど早くここで働きはじめているため、年齢的には年下だが仕事上では先輩だ。

「でも本当にすみません。毎朝早い時間に目覚ましはセットしてるんですけど……」

万智は朝が弱いらしく、目覚まし時計を何個準備しても一向に起きられないという。

それでもかろうじて遅刻せずに出勤できているのだからすごい。

「掃除なら得意中の得意だから大丈夫よ」

なにしろ四歳のときから仕込まれているのだから。

「ありがとうございます。って、あれ？　明花さん、その指輪どうしたんですか？」

万智は明花の薬指に輝く指輪に目ざとく気づいた。

「じつは今度結婚するの」

「ええっ⁉　明花さん、彼氏はいないって言ってませんでした？」

これ以上ないほど目を丸くし、万智が声を裏返らせる。

「ちょっとよく見せてくださいっ。うわぁ、ダイヤがおっきい！」

明花の左手を取り、まじまじと指輪を見て大興奮だ。

「相手はいったい何者？　っていうか、いつの間に彼氏ゲットしたんですか？」

「あ、うん……」

矢継ぎ早に質問をされ、なにから話そうかと考えていると後方のドアが開いた。

「朝から賑やかねー。なにか事件でも起こった？」

物騒な言葉とは裏腹におおらかな様子で現れたのは、片野不動産の社長夫人、片野隆子《たかこ》である。

緩やかなパーマをかけたショートヘアに人の好さが滲み出た優しい顔立ち。ふくよかな体形は人に安心感を与える。

『五十歳を過ぎたあたりから急に太ったのよ。それまではモデル並みに細かったんだから』

証明とばかりに見せられた若かりし頃の写真は、たしかに彼女の言うようにほっそりとしていた。

還暦を目前にして、体重が微増しているとつい最近も嘆くのを耳にしている。

「事件ですよ、隆子さん！　ほら、これ！」

万智が明花の手を彼女に向かって突き出す。

「なに、怪我でもしたの？」

「違いますよー。薬指！」

万智が誘導するなり、隆子は「あらっ」と甲高い声を上げて目を見開いた。

「明花ちゃん、いい人ができたの？」

「いい人と言いますか……」

「結婚するんですって」

のらりくらりと答える明花に痺れを切らし、万智が先走って答える。

「結婚⁉　恋人はいないって言ってなかった？」

「ですよね、私も今そう突っ込んでいたところなんですよ」

隆子と万智、ふたりの視線が明花に向けられた。興味津々、聞きたくてうずうずしている感じだ。

「じつは土曜日にお見合いをして、この指輪はそのときにお相手からいただいたものなんです」

「お見合いの日に指輪？　それってフライングしてません？　明花さんの返事も待たずに用意していたってことですか？」

たしかに普通に聞けば不審に思うだろう。

「結婚は最初から決まっていたから、顔合わせ的な場だったの」

明花はそれまでの経緯をふたりに簡潔に説明した。隆子も万智も明花の出生の秘密や、雪平ハウジングの娘であることはすでに知っているため、父親の会社の経営が芳しくないのも包み隠さず打ち明ける。

そうでなければ、顔も知らない相手との結婚を即決するなんて無謀だと心配されるだろうから。

「すごいわねぇ、明花ちゃん。あの桜羽グループの次期社長の奥さんになるなんて」

隆子がため息交じりに言えば、

「ほんと、羨ましい！」

万智は両手を握りしめて目をキラキラさせる。

どんな人だったのか、なんの話をしたかなど事細く質問され、明花は戸惑いつつもひとつずつ答えた。

「でもあんまりすごい人過ぎてちょっと心配かも」

「しっかり者の明花ちゃんなら大丈夫よ。きっといい奥さんになるわ。お相手だって、それを見越して結婚を持ち掛けたんだろうし」

不安そうに眉根を寄せる万智を隆子が説得にかかる。

「そっか、そうですよね。今まで彼氏がいなかったのが不思議なくらいですし。明花さん、政略結婚でも必ず幸せになってくださいね」

「ありがとう。そうなれるよう頑張ります」

今のところ自信はないけれど、貴俊に見限られないように努力だけはするつもりだ。

「おはよう。女性三人でいったいなんの話で盛り上がってるんだい？」

遅れて出社してきたのは、片野不動産の社長、片野富一《とみいち》である。でっぷりしたお腹は貫禄があり、いかにも社長という風情。妻の隆子同様、気のいい人物だ。

「明花ちゃんが結婚するんだって」

「ええっ？　明花ちゃんが？　それはめでたいね。お祝いがてら一杯やろうか」

「あなた、いくらなんでも職場で朝からお酒なんてダメよ」

「だってさ」

妻に叱られ、富一は肩をすくめてさらに続けた。

「ところで結婚したら、やっぱりうちは辞めちゃうのかい？」

富一に聞かれてハッとする。そういった話はまだ彼としていなかった。

大企業のトップに立つ人の妻ともなれば、夫を支えるためにも専業主婦のほうがいいのかもしれない。

「もしかしたら辞めなくてはならないかもしれません」

「そうか……」

「あなたったら、おめでたい話なんだから、そんな顔をしないの」

顔を曇らせた富一を隆子がすかさず説き聞かせる。スナップを効かせた手が宙を切った。

「まぁそうだな。明花ちゃん応援団として失格の烙印を押されかねない」

気を取りなおし、笑顔を取り戻した富一が頷く。

応援団とはありがたい話である。

「確認しておきます」

「うちとしては、できれば続けてほしいんだけどね」

「ありがとうございます」

嬉しい言葉には感謝しかない。というのもここに転職してから、夫妻には迷惑をかけていたから。

大学卒業を機に明花が家を出たのが気に入らなかったらしく、照美と佳乃の嫌がらせは就職先にまで及んだ。

明花の顔を見なくなったのは喜ばしいが、いっさいの家事を請け負っていた人間がいなくなったのは腹立たしく、罵ることで解消していたストレスの捌け口がなくなるからだろう。

〝子どもの頃から万引き常習犯〟〝妻子のいる男性を誘惑する女〟〝卑しい女〟など、明花を中傷する文書が会社宛てにメールやＦＡＸで送られ、インターネット上には実名で悪口を書き込まれた。

事実無根であっても社内で明花の悪い噂が立つのは当然の流れ。次第に居づらくなり、数カ月単位で職を転々としてきた。

片野不動産の直前には桜羽グループ傘下の企業にいたが、そこでも同様の事態となり退職した。

この職場にも彼女たちの嫌がらせの手は伸び、同じような攻撃を受けたが、片野夫妻はいっさい信じず『辞める必要はない』と言ってくれている。本当にありがたく、感謝の気持ちでいっぱいだ。

(できれば働き続けたいな……)

ここは、ようやく見つけた安住の地とも言えるから。

「それでお相手はどんな人?」

富一に尋ねられ、明花はもう一度最初から話して聞かせた。

その夕方、お客をひとり見送って閉店の準備をしていた矢先、開いた店のドアから入ってきた人物を見て、明花は挨拶の言葉が尻切れトンボになった。

「いらっしゃ——」

驚き過ぎたためどうして?と思う余裕もない。貴俊だったのだ。

「そろそろ仕事が終わる頃だろうと思って」

パタンと閉まったドアを背にして彼が立ち止まる。

先日のお見合いのときに勤め先の話はしていないが、前もって父の秋人から聞いていたのかもしれない。

「いらっしゃいませ。お部屋をお探しですか？」

奥で書類の整理をしていた万智が、呆けたままの明花の後ろから顔を覗かせる。

「いえ、明花さんをお迎えに来たのですが、少し早かったでしょうか」

「え？　明花さんを？」

万智は、貴俊の言葉に目を瞬かせながら明花に振り返った。

「今朝話したお見合いの」

「ええっ！　あの桜羽グループの⁉」

明花が最後まで言うより早く、万智が素っ頓狂な声をあげる。貴俊と明花を交互に見比べる目は、今朝話したときのように真ん丸だ。

「こんなにイケメンだなんて聞いていないんですけど……！」

万智は明花にぼそっと耳打ちするが、内緒話にはなっていない。興奮のせいで声が大きいのだ。

貴俊はそんな言葉には慣れっこらしく、穏やかな表情を崩さない。

「いったいなにごとなの？」

騒ぎを聞きつけた隆子までが奥から現れた。

「隆子さん！　明花さんの結婚相手の方がいらしたんですっ」

「この方が？　まあまあ、そうなんですか！」

「桜羽貴俊と申します」

頭を下げる貴俊にふたりも名乗りをあげる。富一は外出中のため、あとできっと残念がるだろうと隆子が言えば、万智は好きな食べ物まで披露してしまうテンションの高さだった。

ふたりに見送られて片野不動産を出る。貴俊はすぐ前のコインパーキングに止めてある車に明花を案内した。ピカピカに磨かれた黒い車は、車種に詳しくない明花でも知っている超高級車である。

助手席のドアを開けてくれた貴俊にお礼を言いつつ、車に乗り込む。黒いレザーシートとウッド調の内装は、外観から想像した通りの豪華さだ。

「先日はいろいろとありがとうございました。それで今日はどのような……？」

貴俊が現れて大騒ぎになったため、彼が現れた理由を聞きそびれていた。

「用事がないのに会いに来るなって？」

運転席に座り、エンジンをかけた貴俊が自嘲気味に笑う。

「いえっ、そうではなく、急にどうしたのかなって」

決して責めたのではないと慌てて訂正する。彼のしたいように行動してもらってかまわないのだから。

もしかしてメッセージでも届いていたのかとバッグからスマートフォンを取り出したが、彼からの連絡は入っていなかった。貴俊とは土曜日にお礼のメッセージをやり取りしたのが最後だ。

「食事でもどうかと思って。まぁ大事な要件もあるにはあるけど、婚約者ならこうして会うのは普通だろう?」

「そう、ですね」

結婚前提のふたりなら彼の言うようにあたり前だ。

明花が戸惑うのは、知り合ってまだ日が浅いせいだろう。なにしろ貴俊とは二日前に出会ったばかりだから。そもそも恋愛経験がないため、婚約者はもちろん恋人同士の感覚がよくわからないのもある。

「納得してもらえたようだから出発しよう」

「はい……」

それに貴俊は、あくまでも明花を婚約者として扱っているだけ。相手が明花でなくても〝婚約者〟であれは、同じようにするだろうから。他意も好意もない。

貴俊は車をゆっくり発進させた。

「なにか苦手な食べ物は？」

不意に尋ねられ、ひとつだけ浮かんだものがあるが、そんなわがままは言えない。

「特にありません」

「今、微妙な間があったな」

「えっ」

すぐに答えたつもりなのに、なんて鋭いのか。

「我慢大会にしたくないから教えてほしいんだけど」

「我慢大会、ですか」

「明花なら苦手なものでも我慢して食べるだろう？　そんな楽しくない食事の場にはしたくない」

明花を見る優しい眼差しの中に、強い意思を感じる。

今まで父親以外で明花の本音を気にかけてくれる人などいなかった。それが明花にとっての日常だった。

（言ってもいいのかな……。私の意見なんて聞いてもらっていいのかな）

迷う明花を貴俊のゆっくりした瞬きが促し、打ち明ける方向にどんどん傾いていく。

「おでんが……おでんが苦手です」

「ピンポイントにきたね」

「ごめんなさい」

「謝る必要はない。はっきり〝これ〟と言ってもらったほうがいいから」

小学二年生のとき、義姉の佳乃にされたいたずらが発端だった。おでんのちくわの穴に、練りからしをたっぷり仕込まれたのだ。

知らずに食べて激しくむせ込み、涙目になる明花を見た照美と佳乃は大喜びだった。秋人に咎められてもなんのその。ちょっとした遊びだと佳乃は開きなおった。

いつも別々にとる食卓に誘われたのは、意地悪をするためだったのだ。家族として認めてもらえたのかもしれないと、幼心に多少なりとも嬉しく感じた自分が情けなかった。

以来、おでんはトラウマ。見るだけで苦いものが込み上げてくる。おでんを売り出す冬のコンビニは、明花にとって心霊スポットのようなものだ。怖い。

「今から行く店はおでんを食べさせるところじゃないから安心していい」

「ありがとうございます」

おでんを嫌いな理由を聞かれなくてよかったとほっとする。

愛人の娘だと知っている貴俊なら、明花が置かれている状況をある程度想像できると思うが、自分から惨めな姿は晒したくない。

それからほどなくして、明花は繁華街の外れにあるレストランに到着した。

打ちっぱなしのコンクリートの壁にはためく、小さな青白赤のフラッグからフレンチの店だとわかる。高いデザイン性の外観が目を引く建物だ。

敷地の奥にある駐車場に車を止め、彼と並んで店に向かう。体に触れたりしない控えめなエスコートが、明花に安心感を与える。

しかしそれも店内に入った途端、消え失せた。

ほのかな明かりとシックなブラックで統一された内装は高級な雰囲気を醸し出し、そういった場に不慣れな明花を必要以上に緊張させたのだ。

黒ずくめの男性スタッフが、明花たちを中庭に誘う。てっきり店内で食事をするものだと思っていたため意表を突かれたが、貴俊が戸惑っていないところを見ると、彼には想定内なのだろう。もしくは敢えて外を選んだのかもしれない。

(三十畳くらいあるかな)

おおよその広さを目算するのは、不動産屋勤めの性分か。明花は円形のパティオをざっと見渡し、あたりをつけた。

一階建てのレストランのため高い壁に囲まれるような閉塞感はなく、頭上には夜空が広がる。青々とした芝生にテーブル席がひとつだけあった。外ではあるが、個室と言ってもいい。

ぽつぽつとライトが点在し、テーブルの上にはランタンが灯っていた。オレンジ色の淡い光がとても幻想的だ。

「素敵……」

明花が思わず呟くと、貴俊が微笑んだ気配がした。

向かい合って座ると、足元にはヒーターがあって暖かい。これならテラス席でも冷えずに済みそうだ。

ほどなくしてグラスに飲み物が注がれる。

「ノンアルのスパークリングワインだけど、アルコールのほうがよければ変えてもらうよ」

「あ、いえっ、貴俊さんと同じがいいです」

お酒は嫌いではないが、車の運転を控えている彼が飲まないのに、ひとりで飲むわけにはいかない。

細かな気泡が浮かぶローズピンク色のグラスを持ち、お互いに傾け合う。ブドウの瑞々しい香りと味わいが口の中に広がり、鼻から抜けていく。上品な口当たりだ。

「結婚式はこれから準備していくとして、明花に異論がなければ婚姻届はなるべく早く出そうと考えている」

対外的に早急に妻の存在が必要なのかもしれない。とにかく明花は貴俊に従うまでである。

「はい」

貴俊は封筒から出した薄い紙をテーブルに広げた。

（えっ、婚姻届？）

まさかこの場に婚姻届が登場するとは予想もしていなかった。会った初日にプロポーズされ、婚約指輪をもらったかと思えば、今度は婚姻届ときた。

自分の身の上に起きている出来事とは思えない。

「明花？」

目を瞬かせていたため、貴俊が怪訝そうに明花を呼ぶ。

「すみません、婚姻届が今夜用意されているとは想像もしていなかったので」

しかも貴俊の記名も済んでいる。丁寧な楷書体の文字は容姿同様に美しい。

「驚かせたのなら悪かった」

「いいえ、大丈夫です。すぐにサインします」

結婚が決まっているのなら、今日書こうが後日書こうが同じ。この結婚は互いに条件が整ったから交わされる契約のようなもの。せっかく彼が段取りよく準備してくれたものを拒絶するのはおかしな話だし、とにかく明花は彼の言う通りにするまでなのだ。

貴俊が差し出した万年筆を借り、明花は名前や住所を記載した。

「あとで明花のお父様に証人欄へのサインをもらっておいてほしい」

「わかりました」

すでに貴俊側の証人の欄には彼の父親の名前が記されている。

（なんだかものすごく神聖な紙に感じるわ……）

訳もなく緊張するのは、この一枚で人生が様変わりするからだろう。名字が変わるだけではない。貴俊は、これからの未来を一緒に歩いていく相手なのだ。

この結婚が政略的なものだとしても、その事実は変わらない。

明花は婚姻届を慎重に畳んで封筒に戻した。

「結婚後は仕事を辞めたほうがいいでしょうか」

「キミが続けたいのであれば、俺に異論はないよ」

「よかった」

片野夫妻をがっかりさせずに済むのはもちろん、明花自身も居場所を失わずにいられるとわかりほっとする。

「さっき伺ったときにも感じたけど、いい職場みたいだ」

「はい、社長も奥様もとても優しい方で、気持ちよく働いています。同僚にも仲良くしてもらっているので、仕事を続けていいと言っていただいて嬉しいです」

「あぁ、あの金髪の子だね。煎餅が大好物だとか」

そのときの万智の様子を思い出したのか、貴俊がクスッと笑う。

「はい、お煎餅には目がなくて」

休日にはおいしいお煎餅を探して、遠くまで足を伸ばしているという。

「とても明るくていい子なんです」

「それはなによりだ」

ほんの数分のやり取りでも、社長夫妻や万智の人柄の良さは伝わったのだろう。貴俊は軽く頷いた。

ほどなくして前菜が運ばれ、ゆっくりコース料理が進んでいく。

「パテ・アン・クルートでございます。森をテーマにマッシュルームなどのきのこをふんだんに使った、テリーヌのパイ包みになります」

真っ白な皿にはソースが美しいラインを描いていた。

早速口に運んだテリーヌは、香りと酸味が絶妙なバランスだ。

「おいしい」

自然と感想が口から漏れる。貴俊は僅かに口角を上げて微笑んだ。

控えめな笑みの美しさに見惚れたせいか、明花の顔が火照る。その頬を夜風が軽く撫でていった。

（少し空気が冷たくなってきたかな。春だけど、さすがに夜は少し冷え込むよね）

昼間は四月にしては暖かな陽気だったが、夜になるにつれ気温が下がったようだ。

しかしヒーターがあるおかげで、そこまで寒さは感じない。

コース料理も終盤。あとはデザートを残すのみとなったそのとき、貴俊に耳打ちをされたスタッフが膝掛けを明花に運んできた。

「こちらをお使いください」

「すみません、ありがとうございます」

差し出されたそれを遠慮なく受け取り、膝の上に広げる。ヒーターがあるとはいえ寒いのではないかと気遣ってくれたようだ。

「貴俊さん、ありがとうございました」

軽く頭を下げると、貴俊は瞬きで返してよこした。きっと〝どういたしまして〟と伝えているのだろう。

貴俊の優しさに心がほんのりとしたあたたかさに包まれつつ、ふと思う。

(貴俊さんはどうして政略結婚なんて選んだのかな)

レストランに入るときのさり気ないエスコートといい、今のような気配りといい、彼ならいくらでも相手はいるだろう。それと同時に佳乃が言っていた、桜羽グループの御曹司は冷酷だという噂もいったいどこから出たのかと、明花は不思議でならなかった。

レストランをあとにし、明花は貴俊の暮らすマンションに案内された。

そこはグループの建設会社が手掛けた低層のマンションで、今後ふたりが生活をともにする部屋だという。

落ち着いたベージュのクラシカルな外観は閑静な住宅街の景色に溶け込みつつ、品の良さが窺える。地下駐車場からエレベーターで一階に上がり、エントランスホールを前にした明花は息を呑んだ。

二層吹き抜けになったフロアにはグレーの大理石が敷き詰められ、圧巻の光景を見せつける。金、黒、茶のランダムなアートピースは天井まで続き、精緻な細工を施されたデザインウォールが壁の一面に張り巡らせられていた。

その一角にあるカウンターの中にはコンシェルジュがふたり待機し、出入口には警備室まである。

（すごい。これが高級マンションなのね……）

日本を代表する大企業の次期社長であれば、庶民とかけ離れた暮らしをしていて当然。頭では理解していたが、自分の想像力がいかに未熟であるかを思い知らされる。

不動産屋に勤めているが扱う物件はまるで違うし、生きてきた世界が違うのだから仕方がないと慰める以外にない。

駐車場からここまで平静を保ってきたが、言葉も出ないほどに圧倒される。つい足を止めて見入っていると、貴俊が明花の肩に軽く触れ、歩みを促した。

「あ、すみません」

「いや」

その手はすぐに離れ、明花の半歩先を行く。セキュリティゲートを四回も通り抜け、短い毛足の絨毯を歩いていくと、黒い木製の二枚扉が現れた。

貴俊がカードキーをかざして開錠する。

「えっ、ここですか？」

「そうだけど、どうして？」

「てっきりエレベーターで上がるのかと思いました」

外から見た感じだと、このマンションは三階建て。タワマンなら最上階というように、次期社長の肩書から階上に住むものだと勝手に決めつけていた。

「庭が欲しくてね」

「庭、ですか」

「いくら広くても、バルコニーより断然庭がいい。それなら戸建てにすればいいのにと思うかもしれないけど、マンションのほうがセキュリティ面でも安心だ」

「そうなんですね」

なるほど。たしかにコンシェルジュはふたりもいるし、警備室があるところを見ると警備員も常駐しているのだろう。部屋に向かうにはゲートを四カ所も通らなければならず、侵入はまず無理だ。

「どうぞ」

玄関ドアを開け、貴俊が明花を中へ促す。

中へ一歩踏み込んだ瞬間、広い玄関ホールが姿を現した。

フロアの大理石や仕切りに使われたガラスなど、無機質ながらも光沢のある素材から高級感が溢れ出す。エントランスロビーを目にしたときのように声も出ず、情けなく口を半開きにしたまま固まった。

「明花？」

「あっ、ごめんなさい。あまりにも立派過ぎて……。超高級ホテルみたいです。……と言っても、そんなところに泊まったことはないんですけど」

「明花もここで一緒に暮らすんだよ」

「そう、ですよね。なんだか信じられないです」

非日常の空間からは生活感の欠片《かけら》も感じられない。そしてそれは玄関フロアから続くリビングダイニングに案内されても同じだった。

岩肌のような造形をした壁や、そこから続くようにテーブルやキッチンカウンターまでもが大理石で造られ、目を惹きつけられずにはいられない。

バスルームや寝室など、ひと通り案内されたが、どこも言葉では言い表せられないほど立派で、明花はため息の連続だった。

極めつけは最後に案内された裏庭だ。ウッドデッキとテラスが設置され、青々とした芝生の上では大人数を呼んでバーベキューパーティーもできそうなほど。そのうえプールまである。

泳ぐ季節にはまだ早いが、ライトアップされた水面が青く光っていた。

座り心地のよさそうなテーブルセットでは、優雅なティータイムを過ごせそうだ。

外からの視線は当然ながらシャットアウトされ、裏庭に面した上階の壁には窓もなく、完全なるプライベート空間が造られていた。

「このお庭は、ほかの入居者の方も使うんですよね？」

「いや、俺たちだけの庭だよ。一階には俺たちしか住んでないから。出入口はここにしかない」

明花はまだ住んでいないが、貴俊が〝俺たち〟を強調する。その言葉に密かにドキッとしつつ、一階にはほかに誰も住んでいないと知り驚く。

（そういえば庭に面しているのは全部、案内された部屋だものね）

寝室はもちろん、シアタールームやゲストルームなどたくさんの部屋があった。

（こぢんまりとした建物でもないのに、マンションの一階を全部ひとり占めなんて……）

明花の想像では及ばないことばかりで驚きの連続だ。

「いろいろとすごいですね」

「子どもができたら、ここで存分に遊ばせられる。ブランコやジャングルジムを置いてもいい」

「子ども……」

いずれそんな未来が訪れるのはわかっていても照れずにはいられない。出会って数日のうえ、手も繋いでいない相手から言われたせいもあるだろう。

「欲しくない？」

「はい？」

「子ども」

「あ、いえ、その……欲しいです」

誘っていると思われたらどうしようかと恥ずかしくて、目を逸らして答える。

自分が辛い目に遭ってきたからこそ、結婚相手との子どもは欲しかった。誰にも恨まれず、後ろ指を差されない子どもが。

貴俊はふっと笑い、明花の頬を指先で軽く撫でた。

反射的に肩をピクンと震わせた瞬間、視界が遮られる。それと同時に唇にやわらかな感触が押し当てられた。

キスされたのだと気づいたのは、彼の唇が離れてから。貴俊は、目を見開いて硬直する明花の髪を耳にかけて微笑んだ。

「よかった。俺も子どもが欲しい」

「はい……」

貴俊はただ、子どもが欲しいと言っただけ。それなのに、明花が欲しいと言われているように感じる身勝手な心。むやみに胸が高鳴る。

初めてのキスなのに目も閉じられず、間抜けな顔を晒した後悔にも襲われ、にっちもさっちもいかない。

鼓動をなんとか宥めすかせて平静を装うが、その後の彼との会話はほとんどがうわの空だった。

気づきそうで気づかない

翌日、明花は仕事を終えてから再び実家を訪れていた。それはほかでもなく、婚姻届に秋人のサインをもらうためである。

今朝は出勤してすぐに万智から昨夜のことを根掘り葉掘り聞かれ、あまりの勢いに明花は包み隠さず報告した。

というのも、いつも遅刻ギリギリの彼女が、今日は明花よりも先に出勤するほど張り切っていたからだ。もちろん明花から話を聞くためにほかならない。

さすがにキスの話はできず、明花は話しているうちに思い出して頬が赤くなってしまったが、万智が気づかなかったのは幸いだ。

昨夜は目を閉じれば唇の感触が蘇り、動悸が収まらずに大変な夜だった。

そして何度来ても、雪平の家は明花を必要以上に緊張させる。

「これでいいかな?」

リビングのテーブルで向かい合った秋人は、署名したものを明花に見せた。

「うん、ありがとう。それじゃ、私はこれで失礼するね」

照美と佳乃と顔を合わせる前に帰りたい。

ところがその願いは無残に散る。婚姻届をバッグに入れて立ち上がったところで、彼女たちがリビングに現れたのだ。

「誰が来たのかと思ったら明花だったのね」

「こ、こんばんは。お邪魔してます」

挨拶も抜きに刺々しく言う佳乃と、隣で顔をしかめる照美に慌てて頭を下げ、体を縮こまらせる。

「愛人の子なのに結婚相手が見つかってよかったわね」

「でもそれも雪平という名前があるからよ。じゃなければ、あなたを嫁に欲しいなんて家、どこにもないでしょうから。この家に入ることを許した私に感謝しなさい」

「はい、ありがとうございます……」

投げつけられた陰湿で辛辣な言葉に従順に返す。

「ふたりともよしなさい」

秋人が制すが――。

「なによ、事実を言ったまででしょう？　普通に考えたら陰で生きていかなきゃいけない存在なんだから」

「お母さんの言う通りよ、お父さん。本当なら結婚だって望めない人間なんだから。それも大企業の御曹司よ？　まぁ、性格は悪いみたいだし、世間に出せないほど顔も最悪でしょうけど」

照美も佳乃も鼻を鳴らし、明花を馬鹿にするのをやめない。

しかしふたりが明花を罵りたい気持ちは理解できるし、その言い分は少なからず合っているため、明花は言い返さず黙って聞いていた。

本来なら自分は、雪平の人間として認めてもらえない立場であるから。

明花を傷つけることで彼女たちの気持ちが収まるのならそれでいい。

「本当に腹立たしいったらありゃしないわ。あなたの顔を見るだけで不愉快」

「お母さん、もう行きましょ。あっちでワインでも飲んで気晴らししよう」

「そうね。この前いただいたビンテージものがあるから、それを開けましょうか」

反応のない明花を相手にするのにも飽きたのか、ひとしきり罵声を浴びせたふたりは〝フンッ〟とばかりに顔を背けてリビングを出ていった。

「明花、本当にすまない」

「平気よ、お父さん」

婚姻届を出して雪平の籍から抜ければ、もうふたりとも関わらずに生きていける。

これからは、ここから連れ出してくれた貴俊に尽くしていくだけ。たとえどんな結婚生活になろうが、彼を支えていこうと明花は心に誓った。


三日後、完成した婚姻届は不意に片野不動産を訪れた貴俊に無事渡し、明花の役割は終了。結婚式の予定はまだ立てていないが、彼の希望で引っ越しの準備がはじまり、慌ただしい日々がスタートした。

式を挙げてから一緒に暮らしはじめるものだと思っていたが、貴俊の意向にはできる限り沿いたい。

その週末の夜、明花はひとりで暮らしているアパートでダンボールをいくつも組み立て、今すぐ着ない夏服と冬服を詰めていた。同時に不用品を廃棄するのにはいい機会だ。

就職を機に住みはじめたワンルームのアパートは、慎ましい生活をするにはもってこいの部屋である。

キッチンにはガスコンロがひとつしかないし、バスルームとトイレは一緒。それでも雪平の家にいた頃よりは、ずっと人間らしい暮らしを送っている。

クローゼットや小さな収納スペースの奥に手を伸ばしてあれこれ選り分けていると、

バッグの中でスマートフォンが着信音を響かせた。

画面に〝貴俊さん〟と表示され、鼓動が小さく弾む。心臓に手をあて、ひと呼吸置いてから「明花です」と応答した。

『引っ越しの準備ははかどってる？』

「はい、今も荷造りしていたところです」

口の開いたダンボールを一瞥して答える。

『ダンボールが足りなかったら言って』

「ありがとうございます」

引っ越し業者は桜羽傘下のグループ企業であり、貴俊が手配してくれていた。

『ところで来週の日曜日、予定は空いてる？』

「はい、特に予定はありません」

スケジュールを確認するまでもない。片野不動産は毎週日曜日が休みで、普段の明花は部屋の掃除や一週間分の食料を買い出しに出る程度だ。

『友人がレストランのオープンを記念してパーティーを開くから一緒に行ってほしい』

「貴俊さんのお友達の……」

ということは、やはり彼と同じような世界にいる人たちが集まるのだろうか。つまりはセレブリティである。

『気が進まないみたいだ』

明花の声のトーンで察したらしい。

「あ、いえ」

否定してはみるものの、まさに図星だった。

相手が貴俊ひとりならまだしも、彼のような人たちが大勢いる場はどうしても躊躇いがある。

（でも、貴俊さんと結婚する以上、これからはそういった人たちとの付き合いがあるのも覚悟しなきゃならないよね）

尻込みしている場合ではないし、行かない選択肢など最初からない。

「大丈夫です。行きます。どういった服を着ていったらいいですか？」

今はオフィスカジュアルで通勤しているため、パーティーに相応しいワンピースやドレスは持っていない。かろうじて持っているのは就職活動中に着ていたリクルートスーツくらいだ。

でもそれではきっとダメだろう。

『そんなに気負う必要はないけど、心配なら一緒に見にいこうか』

「ほんとですか？　よかった」

つい声を弾ませ安堵する。貴俊が見立ててくれるのなら安心だ。

明花の次の休みである水曜日の午後に約束を取りつけ、貴俊との通話を切った。


「そっか、明花さん、明日はデートだからウキウキしてるんだ」

お客さんが途切れた火曜日のお昼目前、隣に座る万智が明花をニコニコ顔で見る。

明日の休みの予定を聞かれ、明花は正直に答えただけだった。

「デートなんて改まったものじゃないの。洋服を一緒に見に行くだけだから」

「それをデートって言うんですよ」

万智が人差し指を立て、目に力を込めて力説する。

「そ、そうなのかな」

必要に迫られて約束を交わしただけであり、貴俊からそういうニュアンスも感じなかったため、彼女の指摘にドキッとした。

「約束して会うんだから立派なデートです」

「そう、ね。……あ、だけどウキウキは――」

「してましたよ？　お客さんにもいつも以上の笑顔で接していましたし、どことなく声まで弾んでました」

すかさず肯定され、取り付く島もない。

「自覚がないみたいですねー」

「万智ちゃんってば、からかわないで」

彼女の肩を手で軽く叩くが、言われてみればそうだったかもしれない。

お客さんのわがままな注文にも、いつも以上に気持ちよく対応できた気がする。それだけでなく要望以上の物件を探して、お客さんにもとても喜ばれた。

(デートなのかな……。でも貴俊さんはそんなつもりはないと思うんだけどな。必要に迫られて一緒に行くだけだもの)

心の中で必死に否定するものの、急に明日を意識してしまってかなわない。

「明花さん、照れちゃってかわいい」

「もう、ほんとにやめて」

言われれば言われるほどに耳が熱くなる。

それもこれも明花が恋愛に不慣れなせいであり、そんな自分がいきなり結婚というのだから人生とはわからないものだ。

その日は事あるごとに万智から明日の話を振られ、ときには隆子まで巻き込んでからかわれ通しだった。

その夜、明花はクローゼットにまだ残してあった数少ない春物の洋服を片っ端から引っ張り出し、鏡に向かっては体にあて、また次の洋服を手に取っては悩んでいた。

バリエーションはないしファッショナブルなものでもないとはいえ、ショーさながら。〝デート〟の準備に余念がない。

夕食も食べずに選んでいると、ベッドの上で洋服に埋もれたスマートフォンが着信音を立てはじめた。

服をかき分け手に取る。貴俊からの電話だ。

「もしもし、明花です」

耳にあてたスマートフォンから、かすかに風の音がする。車のクラクションも遠くで短く鳴った。帰宅途中なのか外にいるみたいだ。

『明花、ごめん。急な打ち合わせが入って、明日時間を取れそうにないんだ』

貴俊からのキャンセルの電話で、万智の『デートだからウキウキしてる』という言葉が正しかったのを思い知る。テンションが緩やかに降下していくのを感じたのだ。

好意のあるなしに関係なく男性と約束をして会うのが初めてのため、浮かれていたのは事実らしい。

「そうなんですね」

仕事なら仕方がない。なにしろ貴俊は日本を代表する大企業の次期社長なのだから。

『本当に申し訳ない』

「大丈夫です。お忙しいのはわかっていますので」

『俺から誘ったくせに本当にごめん』

「そんな、気にしないでください」

必要以上に謝罪を繰り返す貴俊をなんとか制し、ベッドに乱雑に置かれた洋服をさっと見る。

（パーティーに着ていけそうなものはないけど、この際、リクルートスーツにコサージュをつければなんとかなるかな……。でもそれじゃ、地味過ぎる？）

瞬時に頭の中で葛藤していると、貴俊がすかさず代替案を提示した。

『友人が経営しているセレクトショップがあるんだけど、明花、ひとりで行ける？』

「貴俊さんのお友達のお店にひとりで？　……はい、場所さえわかれば」

本音を言えば心細いが、わがままは言えない。この結婚は雪平ハウジングを守るためなのだから。

電話の向こうから貴俊がほっとしたような気配が漂ってきた。

『じゃ電話を切ったらメッセージで場所の詳細を送るから』

「はい、よろしくお願いします」

仕事が詰まっているのだろう。貴俊は忙しなく通話を切る。

直後に彼から、店の場所がわかるURL付きのメッセージが届いた。

〝気をつけて行っておいで〟と添えられたひと言に彼の優しさを感じる。たったそれだけで絆《ほだ》されるのは、明花がそういった扱いに慣れていないせいだろう。

(それにしても貴俊さん、こんな遅い時間まで仕事で大変)

時刻はすでに十時を回っている。

忙しそうな彼の体を心配しつつ、その夜はどことなく浅い眠りについた。

翌日、明花は地図アプリを頼りに貴俊に指定された店に向かった。

駅を出てスマートフォンの画面に集中しながら歩き、〝目的地付近に到着しました〟というアナウンスで顔を上げる。目の前にはレンガ造りの外観をしたセレクトショップがあった。

いかにも高級そうな店構えのショーウインドウには、美しく着飾ったマネキンたちが道行く人たちに向かって決めポーズをしている。

尻込みしながら店内に入り、なんとはなしに左手のハンガーラックに向かう。白を基調とした内装は明るく、洋服や小物の色を際立たせている。

ところが目はしっかり開いているはずなのに、なぜかどの商品も視線が上滑りしてよくわからない。

たぶん、この店が醸し出す高級感のせいだろう。場違い感が半端ではない。

今日着ているオーソドックスなアンサンブルのカットソーとフレアスカートでは、スタッフにも〝入る店を間違えてない？〟と思われそうでヒヤヒヤする。

しかし逃げ出すわけにもいかず、目の前の洋服を手あたり次第に手に取っていると、背後から声をかけられた。

「どのようなものをお探しですか？」

「は、い……。ちょっとしたパーティーに着られる洋服を」

振り返ると、天使のようにふわふわしたヘアスタイルの女性がにこやかな笑みを浮かべていた。

「パーティーに行かれるんですね」

明花と同年代の、雰囲気がとても華やかな人だ。

（この人が貴俊さんのお友達の方かな）

そうだとすれば名乗ったほうがいいかもしれない。

「じつは彼……に、ここを紹介してもらって」

貴俊をどう表現したものか迷い、彼氏の意味合いで伝える。婚約者と迷ったが、どちらにしても照れくさい。

「あっ、もしかして桜羽さんですか？」

「あ、はい」

「ちょっとお待ちくださいね。佐奈《さな》さーん！　桜羽さんのフィアンセさんがいらっしゃいましたー！」

グレードの高い店におおよそ不釣り合いな元気な声で、店の奥に向かって声をかける。どうやら明花がここへ来る情報は、スタッフにも共有されていたようだ。

すぐに目鼻立ちのはっきりとした背の高い美女が近づいてきた。三十歳前後だろうか、幾何学模様をしたシンメトリーのワンピースがよく似合っている。

「いらっしゃいませ、お待ちしてました」

「こんにちは。雪平明花と申します」

急いで頭を下げて自己紹介すると、彼女も同様に挨拶をする。

「安斉《あんざい》佐奈です。桜羽くんは大学時代の同級生なんですよ。アメリカで机を並べて勉強してました」

やわらかな笑みが美しい。

父の秋人から聞いた話によれば、貴俊は一年前に日本に帰国するまでアメリカに住んでいたという。

(元カノだったりするのかな)

答えのない詮索をついする。佐奈のように綺麗な人こそ、彼にお似合いの女性だ。

胸の奥がかすかにひりついたのは、形ばかりとはいえ彼が明花の結婚相手だからなのか。

(愛の伴わない結婚なのに嫉妬なんてね)

おかしい話だと自嘲する。

「ちなみに付き合ってはいませんからね？」

「えっ、あ、いえっ」

心の中を覗かれたみたいでドキッとした。

「私、大学時代に付き合っていた彼と結婚していますから」

そう言って佐奈は明花に向かって左手をひらりとかざす。薬指にはエターナルリングが輝いていた。

学生時代の恋を実らせて結婚とは、なんて一途なのだろう。

「素敵ですね」

「明花さんの指輪もとっても素敵」

佐奈が明花の左手のリングを指差す。まだ着け慣れないそれは、明花の薬指でほんの少しだけ浮いた存在だ。

「ありがとうございます」

明花は控えめに頭を下げた。

「桜羽くんから話は聞いてるわ。いくつかチョイスしてみたから、早速フィッティングしてみましょ」

「はい。よろしくお願いします」

佐奈に促され、ファッショナブルな洋服や小物が並ぶ店内を横切り、奥へ向かう。

案内されたのは十畳ほどある部屋だった。

佐奈はハンガーラックに掛けられたドレスの中から、フレアシルエットのワンピースにジャケットを合わせたオフホワイトの一点を手に取って明花にあてがった。

エレガントなラメ入りのジャケットは華やかさに高級感を添える。

「うん、なかなかいいわね。まずはこれを着てみましょうか」

「はい」

彼女から受け取ったそれを手にし、大きな鏡が設置されたフィッティングルームのカーテンを引いた。

待たせるのは気が引けるため、手早く着替えを済ませていく。背中のファスナーが途中までしか上げられないが、ジャケットを羽織って誤魔化して出た。

「ちょっと堅い感じがするかな……。シルエットは綺麗だけど、もう少しニュアンスのあるほうがよさそう」

数歩下がって明花から離れ、引き気味に見た佐奈が次の一着を選んで差し出す。

そうして何着か着ては脱いでを繰り返し、ハンガーラックに残った最後の一着となった。

女性らしい総レースが優雅なワンピースは、ライトブルーの色味が爽やかさも演出する。ほんのり透ける上品なレースに、女性らしさをアップするパールボタンが煌めいている。

(どれも素敵だったけど、これが一番好きかも)

鏡の前でくるりと回ると、膝下で裾がふわりと舞った。

つい長く鏡を見ていたため、外から佐奈に声をかけられてしまった。

「明花さん、どう？」

「はい、今出ます」

カーテンを開けた途端、佐奈が「わぁ」と小さく声を上げる。

「すごくよく似合ってる。ハイウエストのリボンも明花さんの優しい雰囲気にぴったりね」

佐奈の笑顔がこれまでで一番輝く。

「全部素敵ですが、私もこれが一番好きです」

「そう！　それじゃ、それに合わせてパンプスや小物を合わせましょう」

「あ、ですが……」

そこで大事なことを思い出した。

（きっとこのドレス、とっても高価なものよね）

店や洋服の感じから見ても、値が張るのはたしか。着ている状態で値札を確認できないのがもどかしい。

「もしかして値段の心配をしてる？」

「……お恥ずかしいのですが、はい」

華やかなドレスに不釣り合いなほどに顔が曇る。

「それなら桜羽くんが支払うことになってるから」

「いえっ、そうはまいりません」

両手を胸の前で振り、急いで制す。

めったに使わないが、クレジットカードのリボ払いでなんとかしよう。

「明花さんに払わせたら、私が桜羽くんに怒られちゃうから」

押し問答に発展する前に、佐奈から決定的な言葉を告げられた。

親身になってドレスを選んでくれた彼女に迷惑をかけられない。

「それでは、こちらでお願いします」

あとで貴俊に自分から支払おうと心に留める。

支払いの心配はべつにして心が弾むのは、今まで着た経験のない洋服を手にしたからだろう。

(貴俊さん、気に入ってくれるかな)

そう考えて彼の反応を想像すると、自然と胸が高鳴った。

その後、ドレスと一緒に用意してもらったバッグとパンプスが入った袋を提げ、明花が店を出たときだった。

できるだけ会いたくない人物が、歩道を左手から歩いてくる。義姉の佳乃だ。

喜々としていた気持ちが一気に翳り、途端に足が竦《すく》んで動けなくなる。

「……明花？」

数メートル先で気づいた佳乃が訝しげに近づいてきた。

逃げたいのに体が硬直して動けない。

「ちょっと待って、どうして明花がここから出てくるの？　明花が来られるような店じゃないでしょう？」

嫌みっぽく目を細め、セレクトショップと明花が提げている紙袋を見やる。

「あ、そっか。例の御曹司に早速おねだりしたんだ」

「おねだりなんて、そんな」

「さすが泥棒猫の娘。取り入るのが上手だわ」

声こそ抑えているが、行き交う人たちがチラチラと視線を投げかけていく。たぶん明花たちが不穏な空気をまき散らしているのだろう。

「外に女を作られないようにせいぜい気をつけなさい。あ、でも御曹司のくせになかなか縁談がまとまらないような男なら、その心配は必要ないわね」

周囲を気にしながらも楽しそうに嘲り、明花を蔑む。

「貴俊さんは……」

言い返そうとした声は今にも消え入りそうだ。自分のことはいいが、彼を侮辱されたくない。

「え？　なに？」

佳乃が〝聞こえないんだけど〟といった様子で自分の耳に手をあてて聞き返す。

「貴俊さんはお義姉様が思っているような人じゃ……」

佳乃から聞いた噂話とは程遠い、優しくて紳士的な人だ。

反論にならない明花の小さな声に、佳乃は噴き出した。

「どっちもどっちだものね。お互いに庇い合って生きていけばいいわ。だけど自分の役目はしっかり果たしてちょうだいね。雪平ハウジングになにかあったらただじゃおかないから」

佳乃は胸の前で腕を組み、明花を刺すように見つめた。

悪意のこもった目に萎縮する。子どものときからずっとそう。その目に、言葉に、明花はなす術もない。

悪いのはすべて明花だという刷り込みは細胞の一つひとつに絡みつき、明花の口を閉ざすのだ。それを甘んじて受け入れ、向けられる刃にただただ耐えるだけ。彼女が明花で〝遊ぶ〟のに飽きるのを待つしかなかった。

気が済んだのか、佳乃から発せられる威圧的な空気がふと緩む。明花が密かに安堵したそのとき、彼女は背を向けて歩きだした。

肩を上下させて深く息を吐き出す。佳乃が去った途端、明花を大きく避ける人の波は崩れ、滑らかな流れになった。

「……帰ろ」

自分に言い聞かせるように呟き、アスファルトにくっついていた足を引きはがし駅に向かう。

(大丈夫、私は平気)

ショップバッグを握りなおし、いつもしていたように強引に気持ちを切り替える。

(大丈夫、大丈夫)

呪文のように心の中で唱え、自分で自分を慰めた。

電車に揺られながらメッセージアプリで貴俊とのトークルームを開く。

【お仕事お疲れ様です。無事にドレスを準備できました。ありがとうございます。代金はあとで精算させてください】

そのメッセージに返信がきたのは、明花がアパートで夕食を終えたときだった。

【代金は気にしないでほしい】

【いえ、私が着るものですからそういうわけにはいきません】

反論は珍しいが、さすがに今回は彼に従えない。自分のものを買ったのに支払わないのはおかしいから。

【俺が勝手に手配したものだ】

【ですが】

【妻に洋服を買ってあげるのは夫の楽しみでもある】

決着がつきそうにないやり取りを何往復かして、貴俊のそのひと言にとうとう明花が折れる。

(貴俊さんがそう言ってくれるなら)

申し訳なさを抑え、甘えることにした。

今の言葉が彼の本心かどうかはわからないが、少なくとも明花が〝妻〟という言葉に揺れたのも事実。

【当日、そのドレスで会うのを楽しみにしてる】

最後のメッセージで明花の心臓は小さく弾んだ。

その週末の夕方、パーティーに出席するための身支度を終えた明花は、落ち着かない気持ちでアパートの部屋にいた。

先ほどから狭い部屋の中で立ったり座ったり、ぐるぐる歩き回ったり。迎えにくる貴俊を待ち、とにかくじっとしていられない。

（大丈夫よ、ちゃんとメイクもできたし、髪も見よう見まねでスタイリングしたから）

華やかさを演出するためにラメ入りのアイテムを使い、普段よりしっかりメイクアップ。万智に借りたヘアアイロンで髪の毛を巻き、緩めのハーフアップにも挑戦している。

貴俊に相談すれば、ドレスのときのように高級サロンを手配されてしまうに違いないから、どうにかこうにか自分で乗り切った。

とはいえ、これで大丈夫か不安で仕方がない。自分なりにまずまずの出来だとは思うけれど、貴俊の期待するレベルに届いているかどうか。ドレス姿の明花に会うのが楽しみだと言われたため、プレッシャーも大きい。

そうして部屋の中をうろうろしていた明花は、インターフォンの音に必要以上に体が強張った。

「は、はーい」

モニターも応答ボタンもないため、そのまま玄関へ向かう。

「すみません、お忙しいのにお迎えまで――」

そう言いながらドアを開けた明花は言葉を続けられない。その場に現れた貴俊の麗しい姿に見惚れてしまったのだ。

ネイビーのスーツはかすかに光沢があり、それに合わせたライトグレーのベストとのコントラストが美しい。ドット柄のネクタイもダークレッドがベストマッチだ。ほどよくフィットしているため、引きしまった体のラインがよくわかり、胸が勝手にドキドキと高鳴る。

貴俊は普段から洗練された着こなしだが、今日はさらに磨きがかかっていた。

「いつも以上にとても素敵です……」

声に感嘆が混じるのが自分でもわかる。

「それは光栄だな。明花もよく似合ってる。綺麗だ」

お世辞だとわかっていても、ストレートな褒め言葉に照れずにはいられない。

「ありがとうございます」

彼の目を見ていられず俯きながら返した。

「行こう」

貴俊に誘われ、アパートの前にハザードランプをつけて停車していた彼の車に乗り込む。

「洋服を買っていただいてありがとうございました。こんなに素敵な服を着るのは初めてなので、ちょっと緊張します」

おかげで助手席に座っても背中をゆったり預けられず、背筋をピンと伸ばした状態。足を揃えて手を膝の上に揃えて置き、かしこまった体勢だ。

「明花はなにを着ても似合うだろうから、今度一緒に行っていろいろ着せたい」

「もうこれで十分です」

「そう言うな。俺の楽しみって言っただろう?」

貴俊は明花にちらっと視線を送って笑った。

滑らかに走りだした車は住宅街を抜け、高層ビルが建ち並ぶ賑やかな繁華街に差しかかる。渋滞の列を逸れ、貴俊はコインパーキングに車を止めた。

「ちょっと待って」

ドアに手を伸ばした明花を制し、貴俊が運転席から降り立つ。

言葉の意味が咄嗟にわからず、言われた通りにじっと動かず待機。車の前方を回って助手席側に来る彼にぼーっと見入る。

素敵という単語は彼のためにあると思わずにはいられない。

そうしている間に貴俊は助手席のドアを開け、明花に手を差し出した。

そこで初めて、彼が明花を制止した理由を知る。エスコートするためだったのだ。

(お姫様みたい)

年齢に見合わず乙女チックに考えてしまうのは、こういうシチュエーションに慣れていないから。

いや、慣れていないどころの話ではない。こんなふうにして助手席から降り立つことなど、これまで未経験だ。

小学生のときから世間に〝愛人の娘〟だと罵られ、軽んじられてきたため、男性に恭しく扱われた経験はない。

恐る恐る彼の手に自分の手を重ねると、貴俊はそっと明花を引き上げた。

その力強さに動揺したせいか足がふらつき、うっかり彼の胸に飛び込む格好になる。すかさず彼に支えられ、意図せず抱き合ってしまった。

「ご、ごめんなさい。高いヒールに慣れていなくて」

普段ぺったんこのパンプスを履いているため、ドレスに合わせたピンヒールは足がぐらつくのだ。

慌てて彼から離れようとしたが、逆に彼の腕がふわりと抱き込む。

「それならこうして歩こう」

貴俊は明花の体勢を整えて腕を取り、自分の腕と絡めた。

「しっかり掴まって」

「ありがとう、ございます」

言われるままに従う。しがみつくような不格好さは否めないが、そうして歩くと随分いい。——恥ずかしいのと照れくさいのを除けば。

貴俊に支えられるようにして高層ビルのエレベーターに乗り込む。パネルの階層表示がぐんぐん上がり、貴俊が指定した三十階に到着した。最上階だ。

扉が開いてすぐ、色とりどりの風船と開店祝いの花が明花たちを出迎える。スペースいっぱいに並べられた中には貴俊の名前が記されたものもあった。

受付を済ませて店内に入ると、青いラインの入った真っ白な壁が真っ先に目に飛び込む。椅子やテーブルクロスも白く、とても爽やかな印象だ。床のタイルの個性的な模様も鮮やかな青と白が使われ、地中海風のデザインが美しい。

貴俊にイタリアンレストランだと聞き納得だった。

すでにたくさんの人が集まり、あちこちに歓談の輪が出来上がっている。明花の目には誰も彼もセレブリティに見えた。

煌びやかなイブニングドレスを着ている女性もいて、別世界に迷い込んでしまったよう。手持ちのスーツで来なくてよかったと心底思う。

ビュッフェスタイルらしく、壁に沿って料理が並んでいた。

「桜羽、やっぱりお前も呼ばれてたんだな」

揃って声に振り返ると、背の高い男性が笑みを浮かべながら近づいてきた。

ふわっとしたパーマヘアに目鼻立ちのはっきりした顔は、ヨーロッパの人のように彫りが深い。

(招待客みたいだけど、この人も貴俊さんのお友達なのかな)

見た目は貴俊と同年代だ。

「三橋《みはし》もか」

「忙しいから桜羽は来ないだろうと思ってたけど」

お祝いで駆けつけたのに、なぜかふたりを取り巻く空気はかすかに堅い。笑顔なのに不思議と友好的な感じはなく、互いの口調もどことなく冷ややかだ。

「で、こちらの女性は？」

三橋と呼ばれた男性の目線が明花に向けられる。

「雪平明花さん。俺のフィアンセ」

「初めまして、雪平と申します」

貴俊に続けて自己紹介すると、彼の目が明花の頭のてっぺんからつま先まで素早く走る。値踏みされたみたいで体が硬直した。

「へえ、桜羽、結婚するんだ」

「その前にお前も自己紹介したらどうだ」

貴俊に窘《たしな》められ、彼が目を軽く見開く。

「三橋壮太《そうた》です。コイツとは大学時代からの知り合い」

貴俊を軽く顎で指す様子は、気の置けない仲間というよりは油断ならない人といった感じだ。

明花は軽く頷き返すだけに留めた。

「じゃ、また」

形式ばった笑みを明花たちに向け、三橋はすぐにべつの人の輪に加わる。その直後、見知った顔が声をかけてきた。

「桜羽くん、明花さん、いらっしゃい」

ドレスを買ったセレクトショップの佐奈だった。深いスリットの入ったワインレッドのドレスが華やかだ。

「こんばんは」

慌てて挨拶をする明花の隣で、貴俊が軽く右手を上げる。

佐奈もここにいるとは驚きだ。ということは共通の友人のレストランなのだろう。

「この前はサンキュ」

「いいえ、どういたしまして。明花さん、なにを着せても似合うから、あれこれ着せて私も楽しんじゃったわ」

ショップ経営者ならあたり前のセールストークだとわかっているのに、照れが先行して頬が熱くなる。

「お忙しいところありがとうございました。ここでお会いできると思っていなかったので嬉しいです」

「あら？ 桜羽くんから聞いていなかったの？」

いったいなにを？と目を瞬かせて貴俊を見上げたそのとき。

「よっ、桜羽」

佐奈の肩を後ろから抱きつつ、シルバーグレーのスーツを着た背の高い男性が現れた。広い肩幅はアメリカンフットボール選手のよう。がっちりした体躯は威圧感があるのに、くりっとした目をした笑顔がチャーミングだ。

「レストランのオープンおめでとう」

「忙しいところ駆けつけてくれてありがとな」

どうやら彼がこの店のオーナーのようだ。

男性は佐奈ごと貴俊の肩を抱き寄せた。

(もしかして、この人もアメリカで一緒だったのかな)

挨拶の仕方がアメリカンチックである。

その彼の目線が明花に向けられたため、もともと伸びていた背筋をさらに伸ばした。

「で、こちらが……」

「桜羽くんのフィアンセの明花さん」

「はじめまして、雪平明花と申します」

佐奈に紹介され、かしこまって頭を下げる。

「どうも、安斉充《みつる》です」

安斉が明花にも抱擁しようとしたが、貴俊がやんわりと手で制した。

(〝安斉〟ってことは、佐奈さんの……？)

明花の疑問を感じ取った佐奈が、すかさず説明する。

「私の旦那様なの」

「そうでしたか」

ドレスを買いに行ったときに佐奈が話していたお相手が、この人らしい。

ということは、先ほどの三橋も含め、四人はアメリカの大学で一緒に学んでいたようだ。

「佐奈さんのお店もそうですけど、こちらも素敵なレストランですね」

「ありがとう」

充は照れくさそうに鼻の下を掻いて笑った。

夫婦揃って店を持つ経営者だとは。卑屈になるつもりはないけれど、生きてきた世界が明花とはまるで違う。

ここに招待されている人たちは、総じて皆そうだ。キラキラしていて眩しい。

「そういや三橋も招待したけど会ったか？」

「ああ、さっきね」

途端に貴俊の顔が曇る。

「どうだった？」

「どうって、べつに」

「ハハッ、相変わらず冷えた関係だな」

やはりあまり仲は良くないみたいだ。充や佐奈と話しているときと違って、あからさまに雰囲気は悪かった。

「ねぇ、あっちで飲まない？　なかなか素敵なの」

佐奈が大きな窓の向こうを指差す。

「力作だからね」

充によればインナーバルコニーがあると言う。それも広大な。

ふたりを追っていくと、驚くべき光景が広がっていた。青々としたラグーンが現れたのだ。

白い砂とのコントラストはまるでリゾート。動力を使って小さな波まで打ち寄せる芸の細かさだ。下からライトを受けて、水面がきらきら光っていた。

「わぁ、本物の海みたいですね」

「ほんとだな」

思わず漏れた感嘆の声に貴俊も賛同する。

「ね？　いいでしょ？　あそこにテーブル席があるから」

佐奈に誘われ、勧められたワインを手にして腰を下ろした。貴俊に合わせてノンアルコールだ。

高層ビル群に紛れた空中。そんな場所にビーチがある不思議な光景に心が躍る。

「それにしても桜羽くんが結婚するなんてね」

「だよな。大学時代なんて言い寄ってくる女の子たちに目もくれなかったもんなぁ」

佐奈と充が頷き合う。

「あのときはグループ企業を背負うプレッシャーを勉強で発散してたから」

「そこが俺には未だに理解不能だね。発散するなら勉強より女じゃないのか?」

「充くんと一緒にしないの」

佐奈が即座に咎める。

「オイオイ、俺は出会ったときから佐奈ひと筋だろう?」

「も～、調子いいんだから」

充の腿をトンと叩く佐奈の眼差しは甘い。

軽くじゃれ合うふたりを横目に、貴俊は遠くに見える街を眺めていた。なんとなく寂しそうに見える様子に、明花の胸が軽くざわめく。

「それで桜羽くんたちはどこで出会ったの?」

「どこでもいいだろう」

「そんなこと言わないで教えて。桜羽くんが結婚を決意するくらいだから、よほど運命的な出会いだったんでしょう？　聞きたいわ、ね？　充くん」

佐奈に話を振られた充が「ああ」と頷く。

しかし貴俊は答えるつもりがないらしい。何食わぬ顔をしてワインを傾ける。

（愛のない政略的な結婚なんて時代遅れで言いづらいだろうな）

貴俊に申し訳ない気持ちになる。いくら建築工法を共有できるからといっても、この結婚で得をするのは雪平ハウジングの経営難を救ってもらう明花側であって貴俊側ではない。

「桜羽くんってば相変わらずつれないのね。だから三橋くんに冷酷なんて噂を流されちゃうのよ。そのビジュアルを生かしてメディアに出れば、そんなの吹き飛ぶのに」

どうやら佳乃が耳にした冷酷というのは、三橋が出所みたいだ。顔出しをしないため、容姿がひどいから世間に出てこられないのだろうと、噂に尾ひれがついたのかもしれない。

「ね？　明花さん」

テーブルに頬杖をつき、佐奈が同意を得るべく小首を傾げる。

「は、はいっ」

いきなり話を振られ、急いで頷いた。

彼女が言うように、貴俊がテレビでもネットでも自ら出れば、妙な噂話など簡単に払拭できるだろう。

「仕事の出来不出来は見た目とは関係ない。言いたいやつには好きに言わせておけばいいんだ」

「さすが、桜羽は余裕だねぇ」

我関せずといった様子で涼しげな顔をしてワインを飲む貴俊に、充は楽しそうに笑った。

「明花さん、コイツ、何事も完璧にできそうに見えるだろう？」

「はい、そうですね」

まさしくそう思っているため、深く頷く。

（仕事はもちろんそうだろうし、私生活もきっちりしてそう。マンションの部屋も整理整頓がしっかりしていたもの。できないことなんてなさそう）

幼い頃から仕込まれた家事だけが取り柄の明花とは、出来がまったく違う。

「ところが違うんだな」

「おい、余計なことは言うな」

「余計じゃなくて事実だよ」

ふたりのやり取りを聞いていた佐奈がふふっと笑う。

「料理はからきしダメだものね」

「あとはアイロンがけ。あれはほんとにひどい。シワを伸ばすどころか、増やす天才だし」

「もっといいアイロンがあれば、俺だって上手にできるはずだ」

遠慮のない三人の応酬は、聞いているこちらまで楽しくなる。この店を訪れたときの緊張感はどこかに飛んでいた。

しかしアメリカにいた頃の話題になると、自然と明花はひとりポツンとなる。

必死に課題に取り組んだのはもちろん、大学対抗のスポーツ観戦で熱狂したこと、週末のパーティー、長期休暇にアムトラックで訪れた街など、いつも三人は一緒だったらしい。

紅一点の佐奈をふたりが守り、リードする。彼女をとても大切にしているのがよくわかった。

お見合いのときに明花を除く父親たちが仕事の話で盛り上がっても平気だったのに、同じような状況になった今、どうしようもなく寂しいのはなぜだろう。

「あのときの桜羽くん、すごくカッコよかった」

「オイオイ、俺だってヒーローのごとく佐奈を助けに入ってカッコよかっただろう？　なぁ桜羽」

佐奈に訪れたピンチの話題を充が振るが、貴俊は口元に曖昧な笑みを浮かべるだけに留める。

（もしかしたら……）

三人の楽しそうな昔話を聞いていて、ふと思った。

（貴俊さんは佐奈さんを好きだったのかもしれない）

一緒に過ごす時間が長くなれば、当然の成り行きかもしれない。それが異国の地ならなおさら。

しかも相手は容姿が抜群で、好感度の高い佐奈だ。好きにならないほうが逆におかしい。

しかし友人である安斉の気持ちを知り、身を引いた。

結果、佐奈は安斉の想いに応えて結婚し、残された貴俊はその気持ちを吹っ切るために明花との結婚を決意したのではないか。

そう考えたら、妙に腑に落ちた。

明花は弾む会話の邪魔をしないよう、貴俊にだけ小さい声でひと言断り席を立った。

「すみません、ちょっとお手洗いに行ってきます」

美しいラグーンを横目に店内に戻る。改めて見渡すと、どのグループからも楽しげな声が聞こえ、たくさんの人でとても賑やかだ。

そんな中、明花ひとりが鬱々とした気持ちを抱える。

勝手な憶測に過ぎないが、好きな人を忘れるための結婚というのが一番しっくりくる気がしていた。

貴俊が明花を選ぶ理由は、ほかにない。

べつの女性に心を奪われたままでも、不遇な人生を送ってきた明花なら耐えられると見越したのだろう。

そんなことをぼんやり考えながらレストルームを出たときだった。

「どうも」

右手をひらりと上げ、ニヒルに笑う男性に出くわす。三橋だった。

軽く頭を下げ、彼の前を通り過ぎようとしたが、壁に手を突いて止められる。

「政略結婚なんだって？」

どこで耳にしたのだろうか。貴俊は充や佐奈にさえ打ち明けていないのに。

貴俊が冷酷だという妙な噂を流すくらいだから、情報網でもあるのだろうか。

三橋は明花の顔を覗き込んだ。

「キミは本当にそれでいいの？　アイツ、冷酷で有名だし、なにを考えてるのかわからない男だよ」

「貴俊さんは冷たい人ではありません」

明花にしては珍しく強く反論する。無視を決め込もうとも思ったが、貴俊を悪く言われたままにはしたくない。

たしかに最初は冷たそうな印象だったけれど、それは優しさがさり気ないから。あからさまに見せつけたり、押しつけがましかったりしないからだ。

「そう？　それに……」

三橋は焦らすように言葉を止め、含み笑いをした。

「アイツ、佐奈のことをずっと好きだったんだよね」

「えっ……」

「もしかしたら今もそうかも」

三橋は口角をぐっと上げて微笑んだ。明花をいたぶって楽しんでいる様子だ。

彼のひと言で、すべてが明白になる。明花の一方的な妄想ではなくなってしまった。

「でもまぁ、アイツは跡取りだから子どもが必要だし、結婚するしかないよな」

「子ども……」

明花は三橋の言葉をぽつりと繰り返した。

（そういえば、初めて貴俊さんのマンションに行ったとき、子どもが欲しいって言っていたっけ。そっか、やっぱりそういうことなんだ……）

大企業なら跡継ぎを望むのは当然の流れだ。

「もう一度よく考えなおしたほうがいいんじゃない？」

三橋が目を細めて明花を見下ろす。

（考えなおす？　この結婚を？　……貴俊さん以外との未来を？）

不釣り合いだとわかっているのに、彼にはほかに好きな女性がいて、結婚は子どもが目的だと判明したのに、べつの人の隣に立つ自分を想像できなかった。

首を横に振り、拒否を表す。たとえ彼が明花以外を愛していようとも、再考なんて選択肢はない。

父を助け、雪平ハウジングを守るためであるのはもちろん――。

「俺でよければいつでも相談に乗るけど。なんなら今から話そうか？」

三橋が明花に一歩詰め寄ったそのとき。

「三橋が相談相手じゃ、結論はたかが知れてる」

壁に突いていた三橋の腕を取り、貴俊が明花との間に割り込んだ。

三橋が盛大にため息をつきながら、彼に取られた腕を邪険に払う。

「相変わらず失礼なヤツだ」

不快感をあらわにし、これみよがしにスーツのジャケットの乱れを直すようにした。

「他人のフィアンセを口説こうとしている人間の言葉とは思えないな」

「口説いたつもりはない」

「今からどうかと誘っていたのは俺の聞き違いか？」

貴俊の眼差しに鋭さが増す。今にも三橋を射ってしまいそうだ。

そばで見ている明花もハラハラする。

「彼女が桜羽を買い被り過ぎているようだから、教えてあげようと思っただけだ」

「相変わらずとんちんかんだし傲慢な男だな。相手にするのも時間の無駄。明花、行こう」

肩を引き寄せられたため彼の腕に抱かれるような格好になり、トクンと鼓動が弾む。守られるような感覚に胸が熱い。

三橋が苛立ちを舌打ちで表す中、貴俊は明花をそのまま店の外に連れ出した。

「帰るんですか？」

「もう義理は果たしたから」

オープンのお祝いの場に顔を出したからもういいと言っているのだろう。

「佐奈さんや充さんになにも言わずに大丈夫ですか？」

三橋はともかく、ふたりに挨拶をせずに帰ってしまっていいのかと心配になる。

肩越しに店を振り返りつつ、貴俊に誘われるままに足はエレベーターへ向かう。

「アイツらはべつのグループに交じってワイワイ楽しくやってるから平気だ。それより嫌な思いをさせて悪かった」

「あ、いえ、貴俊さんが謝る必要はありませんから」

彼から聞いた話を胸の奥に押し込め、扉が開いたエレベーターの中に乗り込む。

「三橋になにか言われた？」

「……いえ」

ドキッとしたが、なにもないと取り繕う。

明花は、三橋から聞いた話を貴俊に問いただして波風を立てるつもりはなかった。

「明花、本心を聞かせてほしい」

「本心って……？」

いったいなにかと彼を見上げた。

「このまま俺と結婚していいのかどうか」

「えっ、もちろんです」

「もしも雪平ハウジングが経営難に陥らず、資金援助が必要じゃなかったら？」

質問の意図がわからず困惑する。

「立場の強い俺の言いなりになっているだけじゃないのか？　本音では、こんな結婚なんてまっぴらだと」

「いえっ、そうは考えていません」

首を横に激しく振った。

「本当に？」

明花に向きなおった貴俊が、両手を壁に突いて真っすぐ見下ろす。

その眼差しに、これまでと違う切実さが滲んでいた。

自動で扉が閉まり、静かに下降をはじめたエレベーターの中、彼の肩越しに高層ビル群の夜景が徐々に姿を現していく。

「明花は自己主張しなさ過ぎる。思いを胸に押し込めないで、嫌なら嫌と言ったほうがいい」

雪平の家に入ってからずっと、我慢をあたり前に生きてきた。義母や義姉に咎められるなら、なにも言わないほうがいい。そのほうが傷はずっと浅く済んだから。

そうでなければ、ふたりからの激しい罵倒や仕打ちが待っている。愛人を作り明花を認知したため、強く出られない父にはふたりを止められなかった。

貴俊との結婚を決めたときもそう。

照美と佳乃に〝そうしなさい〟と命ぜられれば、従う以外の選択はない。

貴俊が早急に進める結婚も同居話も、彼の言うままに頷いた。

でもそれは、自分の立場が弱いせいばかりではなく……。

「言わないのなら、このままキスする。嫌なら俺を全力で止めろ」

貴俊が腰を屈め、ゆっくり顔を近づけてくる。

(きっと佐奈さんを忘れようと必死なんだ……。でも私だって)

今にも唇同士が重なろうとしたとき、明花は彼の胸を手で押しとどめた。

貴俊の顔が途端に曇る。〝どうして〟と〝やっぱり〟が共存しているような複雑な表情だ。

「嫌じゃないです。貴俊さんとの結婚も……キスも」

彼をいったん止めたのは、それをきちんと言葉で伝えたかったから。意見を言わず、流されてキスされたくなかったからだ。

僅かに瞠った貴俊の目に熱が宿る。胸に押し当てていた明花の手を取り、指先を絡めてエレベーターの壁に縫い留めるようにした。

近づいた唇が明花のそれと重なる。初めてキスされたときのように触れるだけで離れるかと思ったが、貴俊はその感触を確かめるように優しく食みはじめた。

貴俊が明花の腰を引き寄せて抱き込む。これまでになく体が密着し、心臓がドクンと聞いたこともないほど大きな音を立てた。

しかし戸惑いはものの数秒。甘いキスに酔いしれる。彼の舌が唇を割っても、従順に受け止めた。

窓に映る高層ビルの背がどんどん高くなっていく。

絡められる舌に必死に応え、息継ぎもままならないキスが明花を虜にする。

(このまま地上に着かなければいいのに。お願い、誰もエレベーターを止めないで)

そう願いながら貴俊の背に手を回した。

遠い日の約束

四月末からはじまる大型連休を前に、明花は〝桜羽明花〟になった。

左手の薬指にはエンゲージリングに代わり、エターナルリングが眩い光を放つ。それもそのはず。小さいとはいえダイヤモンドが三つも埋め込まれた贅沢なデザインなのだ。

昨日、区役所で婚姻届を提出したあと、貴俊から不意打ちで手渡されたときには驚いた。

貴俊との縁談が持ち上がってからのこの一カ月半、目まぐるしく環境が変わっていく。式はまだ準備すらはじまっていないが、同居は連休初日からスタートする予定になっている。アパートの部屋はダンボールが積み上がり、動くのにひと苦労だ。

お客様をひとり見送りひと息ついていると、隆子が白い箱を明花の目の前に置いた。洋菓子を連想させる形状の箱だ。

「これ、いただいたの」

隆子によると、懇意にしている水道工事会社からのロールケーキの差し入れだと言う。箱には有名高級パティスリー『ミレーヌ』と書いてあった。

明花は食べたことはないが、テレビやネットでたまに見聞きする大人気のパティスリーだ。

「それじゃ、お茶でも淹れましょうか」

「ううん、明花ちゃん、よかったら旦那様とどう？」

〝旦那様〟に密かにどぎまぎする。まだ結婚して二日目だ。

（キスしかしたことはないけど……）

一瞬のうちに浮かんだ余計な雑念を頭から追い出す。

「ですが」

「いいのよ。主人も私もコレステロール値が最近高くてね。生クリームは避けてるの」

奥の方から富一が「そうそう。俺たちには毒だから」と声を大きくする。

「万智ちゃんは煎餅派で、洋菓子系はほとんど食べないでしょう？」

「そうですね」

その万智は今、結婚間近のカップルを連れてアパートの内覧に出かけている。

「だからこれは明花ちゃん担当。今日は土曜日だから旦那様お休みでしょう？　ちょうどお客様も途切れているし、差し入れしてきたら？」

隆子がニコニコしながら箱をカウンターに滑らせる。

貴俊は隆子の言うように今日は休み。特に予定もないと言っていたからマンションにいる可能性は高い。

「ですが仕事中ですし」

「いいのよ。今日はなんだか暇だから。それに、間もなく万智ちゃんも帰ってくる頃だし」

先ほど同様に富一も奥から「行っといで」と声をあげる。

ふたりにそこまで言われて頑なになるのもどうかと思い、明花は言葉に甘え、箱を手にして片野不動産を出た。

ここから地下鉄で二駅。明花は間もなくふたりで暮らしはじめるマンションに到着した。

（もしも不在だったら、メモを残して冷蔵庫に入れて帰ろう）

彼に前もって知らせずに来たのは、なにか予定があったときに邪魔をしたくないからである。

セキュリティゲートを抜け、玄関の前でインターフォンを押す。鍵は持っているが、まだお客さん気分が抜けない。

すぐに中から反応があった。

『明花？　どうしたこんな時間に』

驚いた声がインターフォン越しに聞こえたかと思えば、すぐにドアが開く。

「取引先の方からスイーツを――」

顔を出した貴俊を前にして、言葉がぶつ切りになった。

いつもワックスでサイドをしっかり撫でつけている髪は自然に下ろして無造作ヘアだし、黒縁のスクエア眼鏡までかけている。白いロンTにベージュのストレッチパンツというラフなスタイルも、初めて目にした。

「貴俊さん、目が悪かったんですか？」

「え？　あ、そういえば明花の前で眼鏡は初めてか。普段はコンタクトをしてる」

「そうだったんですか」

知り合って一カ月と少し。明花はまだまだ彼をよく知らない。

「とりあえず中に入って」

ドアを大きく開け、貴俊が中に誘う。

〝お邪魔します〟と心の中で言いながら足を踏み入れたのは、口に出せば貴俊に〝ここは明花の家だからただいまだ〟と訂正されてしまうから。

でも明花はまだすんなりとその言葉が出てこない。

「仕事中じゃ？」

「じつはお取引先様からスイーツをいただいて」

「スイーツ？」

振り返りつつ、明花の手にしている白い箱に目をやる。

「はい。社長も奥様も今は糖分を控えているみたいで、万智ちゃんは甘い物よりしょっぱい物が好きなので私に回ってきました。奥様が貴俊さんと一緒に食べていらっしゃいって言ってくださって」

「それは嬉しいね。こう見えてスイーツは好きなんだ」

「よかった」

貴俊がスイーツを好きか嫌いかまでは考えていなかったが、好物なら心から歓迎してもらえる。

「お休みなのにすみません」

「どうして謝る？」

リビングのテーブルに箱を置いた明花を訝る。

「せっかくゆっくりしてるのにお邪魔したら悪いと思って」

普段忙しくしている彼の貴重な時間を奪いたくない。

「キミは俺の奥さんだろ。邪魔するもなにもない。それに」

そう言って貴俊が明花を引き寄せる。

「明花の顔を見られて嬉しいよ」

頭頂部にキスが落とされた。

単に明花を妻として扱っているだけ。たとえ佐奈を好きでも、政略結婚でも、子どもが目的だとしても、彼なりに幸せになろうと努力しているだけ。

嬉しいのが本心かはさておき、場所はどこであれ彼にキスをされると明花の心臓は急加速で高鳴っていく。

「あ、の……コーヒーでも淹れますね」

その高鳴りがあまりに激しくて我慢がならず、咄嗟に彼から一歩離れてコーヒーに逃げる。

ところが貴俊に制され、明花はソファに座らされた。

「俺が淹れるから、明花は座って待ってて」

「では私はこのケーキを切り分けます。ロールケーキだそうで」

「じゃ、そうしよう」

貴俊はふわっと笑い、箱を手にした。

貴俊はコーヒーの準備、明花はロールケーキの準備。ふたりでキッチンに並ぶと、まさに新婚そのもので照れが先行する。

横に立つ彼が気になりながらも箱を開けると、目にも美しいロールケーキが姿を現した。

「わぁ」

思わず感嘆の声が漏れる。

「貴俊さん、見てください」

ついテンションを上げながらケーキを取り出して彼に見せた。

生成り色の生地に薄いピンク色のラインが交差し、中にはイチゴと生クリームが包まれている。

「あぁ、ミレーヌのロールケーキか」

箱の印字を見て貴俊が納得する。

「ご存じなんですか？」

「秘書室で女の子たちが騒いでいるのを小耳に挟んだ。桜ロールが絶品だとね」

「桜ロール。春っぽくていいですね」

彼の言葉を繰り返す。それではもしかしたら、これがそれだろうか。ネーミングから想像するものに合致する。

「桜あんと桜風味の生クリームを巻き上げたものだとか」

「あんこと生クリームの組み合わせは最高ですよね。私、ミレーヌのケーキを食べるのは初めてなので嬉しいです」

「明花を笑顔にするのは俺よりスイーツのほうか」

「えっ？」

「そんなにいい笑顔は初めて見た」

真横から真っすぐ見つめられて顔の温度が急上昇したため、弾かれたように目を逸らす。

「く、食いしん坊みたいですね」

つくづく恥ずかしい。

動揺を隠そうとケーキを取り出してナイフを手に取ると、唐突に頬に彼の唇が押し当てられた。

動きが止まり目は点になる。

「ほら、俺のキスでは笑顔にならない。こっちも相当甘いと思うけど」

「……恥ずかしいからです」

「恥ずかしい？　夫婦なのに？」

コクコクと頷いているうちにも耳がカーッと熱くなっていく。

「でも、貴俊さんにキスされるのは……」

「されるのは？」

「……嬉しいです」

うっかりボソッと呟いた。

（なんてことを打ち明けてるの……！）

自分でも制御が効かず、口が勝手に動いた感覚に困惑する。

貴俊はふっと笑みを零し、背中を屈めて明花の唇にキスをした。

「俺も嬉しい」

きっとこれは新婚気分を盛り上げるための演出。子どもが欲しいと言っていたし、子どもを作る行為のために距離を縮めようとしているのだろう。

（だって、私たちの間に愛はないから）

愛を望まない結婚をしたはずなのに、それがないのを嘆くなんてわがままだ。

既定路線の政略結婚に愛を望んではいけない。

(佐奈さんを忘れるための道具で、子どもが目的の結婚だとしても、私はそばにいられればいいんだから)

念じるようにしながらケーキを切り分け、皿にフォークと一緒にのせる。

淹れたてのコーヒーと一緒にリビングに運んだ。

向かい合って座った彼と同時にケーキを口に入れる。

「……おいしい。これやっぱり桜ロールですね。桜あんのかすかな塩気が生クリームと溶け合って最高においしいです」

「だな。人気も納得だ」

あまりのおいしさにふたり揃ってふたつ目を間食。コーヒーも飲み干した。

「あの、今さらなことを聞いてもいいですか?」

「なに?」

「私たち、以前どこかでお会いしてますか?」

ラフなヘアスタイルと眼鏡をかけた貴俊の姿が、明花の記憶を先ほどから揺さぶっていた。

貴俊が目を大きくした瞬間、ハッとする。

「うちのお店に来店されませんでしたか?」

(そうよ、あそこで会ってる)

あれは今から一年くらい前だ。今日のような格好をした貴俊が、部屋を探しに片野不動産を訪れた。

普段のスーツ姿と今のラフな格好が結びつかず、これまで全然気づかなかった。

「行った」

「やっぱり」

でもあのときは彼の希望に見合う物件がなく、空振りに終わっている。そもそも片野不動産では貴俊が住むような超高級物件の取り扱いはない。

お見合いの話を父からされたときに聞き覚えがあると思ったのは、来店したときに貴俊がアンケートに記載した名前だったからだ。

「言ってくだされればよかったのに」

顔合わせのときが初対面だと思っていた。

「覚えていないのならそれでいいと。まぁ半ばいじけてたかな」

「ごめんなさい」

「ってのは冗談。でも思い出してくれて嬉しいよ」

「ですが、どうして片野不動産に？」

桜羽グループには不動産会社もある。高級物件を探すならそちらだろう。

あのときはそれでもなんとかいい物件を紹介しようと、中でもランクの高い部屋をあれこれ紹介した覚えがある。

「ちょっとした調査」

「調査？」

「ああ」

貴俊は頷くが、はぐらかされた気がしなくもない。

（もしかしたら、そのときには雪平ハウジングへ融資を持ち掛けようと考えていたの？　それでどんな娘か調べるために片野不動産を訪れたとか？）

同様に義姉の佳乃のことも調べたのかもしれない。

「俺は」

貴俊がなにかを言いかけたそのとき、テーブルに置かれていた彼のスマートフォンがヴヴヴと振動音を響かせた。

「悪い、仕事の電話だ」

画面を確認し、貴俊は立ち上がった。

「それじゃ私はこれで……」

テーブルの皿とカップをトレーに載せてキッチンに向かう明花に、貴俊が電話に応答しながら片手で〝ごめん〟という仕草をする。

「計画を担保する枠組みとして、事業支援や補助金などのインセンティブも検討が必要だろう」

穏やかな表情が一変、真剣な様子で電話の相手と話しはじめる。真面目な横顔が明花の目を釘づけにした。

オンとオフの切り替えが素早く、そんなところにも胸をくすぐられる。

(……っと、邪魔したらダメダメ)

つい見惚れていたが我に返って使ったものを手早く片づけ、明花は部屋をあとにする。思いがけずふたりの時間をもらえたが、電話に中断させられ残念な気持ちを抱えながら片野不動産に戻った。

＊＊＊

ゴールデンウィークを控え、貴俊は桜羽ホールディングスの副社長室で、山積する仕事に精力的に向かっていた。

明日は明花がマンションに越してくるため、仕事を連休に持ち越したくない。婚姻届を提出して十日が過ぎ、形式上は妻となった明花といよいよふたりの生活をスタートするのだ。きりのいいところまで仕上げておきたい。

まずは大規模なプロジェクトである、国内のとある市における再開発事業の大筋について開発部長の野原《のはら》から報告を受けているところだった。

貴俊よりひとつ年下の三十歳で、大企業において部長職に就いているのは珍しい年齢だが、開発に関する専門的なノウハウを豊富に持っている。

応接セットのテーブルに開いたノートパソコンの画面を、ふたりで頭を並べて覗き込む。

平成の大合併により市域を拡大してきたその市は、郊外地にも大きな集落が点在しており、工場が建つ工業地域との混在により住環境の悪化が懸念されている。

このままでは工業地域周辺での住民との争いが勃発しかねないため、市の要請を受けて再開発に動きだした。

「企業と市民の対立によって既存の工場が他都市へ移転する懸念がありますね」

「市の税収になる工業活力を向上させていくためにも新たな工業進出を誘発していくのも重要だから、それはできるだけ避けたい。郊外地における工業立地のあり方を明らかにして、居住地域としっかり分ける必要があるだろう」

既存工場の維持に努めつつ工業用地の確保を弾力的に進め、郊外地の居住を緩やかに集約していくべきだろう。

「もう一度現状の把握と課題を整理して、全体構造を見極めよう」

「承知いたしました」

野原はノートパソコンを閉じ、チラッと貴俊を見た。

「副社長、不躾で恐縮ですが、その指輪はもしや……」

彼の視線を辿った先にあるのは貴俊の左手、それも薬指だった。

「ああ、これか。結婚指輪だ」

「えっ⁉ 副社長、いつご結婚されたんですか？」

顔を前に突き出し、目を真ん丸にする。

「少し前に。秘密にしているつもりはないが、わざわざ発表する必要もないだろう」

「いや、そんなおめでたい話を発表しない手はないですよ。すぐにでも社内メールで知らせましょう」

「頼むからやめてくれ」

ノートパソコンを再び開き、今にもメールを作成する勢いの野原を止める。

「そうですか？　副社長がそこまで言うなら無理にとは言いませんが。しかしそうですか。副社長がご結婚を。そのせいだったんですね、最近顔つきや雰囲気が変わったのは」

「……そうか？」

貴俊は手で自分の顔をさらりと撫でた。

そう言われたのは初めてだ。

「全体的にやわらかくなったといいますか。副社長はあまり人を寄せ付けたがらないじゃないですか。世間で噂されている〝冷酷〟とまでは言いませんけど、一見近寄りがたい感じがしますから。まぁ背負っているものが大きいので、他人にも自分にも厳しくなるのは当然ですけど。とにかく人間味が出てきたように思います」

野原が饒舌に語る。滑らかで軽い口調は開発案件の話をしていたときとは大違いだ。

「随分な言われようだな」

貴俊が湿気を孕んだ目で睨むと、野原は我に返って「す、すみません。口が過ぎました」と急いで謝った。

「いや、べつにかまわない。そのくらいで腹を立てたりしないから」

「いえ、つい調子に乗ってペラペラと。……えっと、それでは……副社長もお忙しいでしょうから、私はこれで失礼します」

急に居心地が悪くなったらしく、野原はそそくさと副社長室を出ていった。

執務椅子に戻り、ゆったりと背中を預けながら左手の薬指に光るリングを見つめる。

（まさか本当にあのときの約束を果たせるとは……）

貴俊の頭の中に二十数年前の出来事が蘇る。

明花と出会ったのは貴俊が十歳のときだった。

友達と遊んで帰る途中、どこからか幼い子どもの泣き声が聞こえてきた。

近くの家から聞こえたのだろうと思い帰り道を急いだが、なぜか無性に気になりひとりで引き返す。声を頼りに足を進めると、それは公園の片隅にある寂《さび》れた小屋からだと突き止めた。

声は中からするのに、入口と思われるドアはノブにロープが巻かれ、簡単には開けられないようになっている。

『誰かいますか？』

不自然な状況に不安を覚えながら声をかけると、泣き声がぴたりと止んだ。

『ここからでられないの。だして』

女の子が弱々しい泣き声で訴える。

どうしてこんな場所に閉じ込められているのか。誰にされたのか。

『わかった。ちょっと待って』

恐怖を感じたが、それより女の子を助けたい衝動に駆られたのだと思う。貴俊は無我夢中でロープを解き、壊れかけたドアを開けて中に足を踏み入れた。

湿気た埃の匂いが鼻をつく。その奥にいたのは、小さな女の子だった。

こんな子が、なぜ。

急いで駆け寄り、無事を確かめる。

『友達とかくれんぼでもしてたの?』

その子は涙でぐちゃぐちゃになった顔をめいっぱい横に振った。

『じゃあ、お父さんかお母さんと?』

それもまた否定する。

『誰かに閉じ込められた?』

まさかと思いつつ尋ねると、女の子は否定も肯定もしない。

幼心に事件に巻き込まれたのではないかと考え、一緒に交番に行こうと手を掴んだが、激しく抵抗する。

『おかあさんにおこられるから』

鼻をすりながら嫌だと言う。

なるほど、心配をかけたくない気持ちならわかると次の提案をした。

『じゃあ、おうちに送っていってあげる』

『かえりたくない』

『どうして？』

『おかあさんとおねえちゃんが……』

そこまで言ってぐっと唇を噛みしめる。

『お父さんは？』

『おとうさんはしごと』

『それじゃ、お父さんが帰るまで僕と一緒にいる？』

母親や姉とケンカでもしたのだろうと、気持ちが落ち着くまで付き合うことにした。

きっとそのうち気が晴れて家に帰ると言うに違いない。

公園のベンチに並んで座り、持っていた小さなタオルで彼女の顔を拭いてやると、くりくりした大きな目が頼りなく揺れた。

『そうだ、アメ食べる？』

先ほど友達と分け合って食べたアメの残りがあったはず。ポケットを探り、小さな包みを差し出した。白地にイチゴ模様が描かれた袋に入っているのは、貴俊のお気に入りであるイチゴ味のアメだ。

女の子はそれを夢中で食べた。舐めていられずに噛み、もうひとつ欲しいとねだる。そうしているうちに彼女は新しい母親がいること、姉ができたことなど自分の境遇をぽつぽつと話しはじめた。

それを聞き、最初は彼女の父親が再婚して新しい家庭を築いたのだろうと思った。ところが話が進むにつれて、雲行きが怪しくなっていく。ご飯はあまり食べられず、毎日家の掃除や洗濯をしていると。うまくできないと母親に叱られるのだと。

死んだ実の母からクリスマスにもらったぬいぐるみを捨てられてしまったと打ち明けたときには、また大粒の涙を零した。

どんなぬいぐるみだったのか尋ねると、彼女は地面に棒でクマの絵を上手に描いた。名前は〝みっちゃん〟だと言う。はちみつが好物だからそう名付けたと、涙で濡れた頬を綻ばせた。

『キミの名前は?』

『めいか。こうかくの』

そう言って、棒を使って今度は漢字で名前を書いた。

たしか名字も書いていたように記憶するが、それを思い出したのは秘書の選考書類を見たときだった。

『漢字が書けるなんてすごいね。何歳？』

『ごさい。かんじはおとうさんにおしえてもらった』

五歳で自分の名前をフルネームで書けるとはと、衝撃を受けた。

そんな身の上話をしているうちに、彼女は平静を取り戻していく。あたりが暗くなってきたせいもあるのか、唐突に『かえる』と言いだした。

さすがに五歳の女の子とその場で別れるのは心配だったため、貴俊は家までついていくことにした。

『ここがおうち』

彼女が立ち止まる。

『平気？　家に入って大丈夫？』

血の繋がらない母親や姉にいじめられるのではないかと不安がよぎったが、十歳の貴俊になす術はない。

『おにいちゃん、おなまえは？』

貴俊の質問に答えず、逆に問いかけてきた。

『さくらばたかとし？　ねえ、おにいちゃん、おっきくなったらめいかをむかえにきて』

『桜羽貴俊』

『え？』

『このおうちからだして。めいか、おにいちゃんといきたい。けっこんしたら、おうちをでられるんでしょう？　だからけっこんして』

すっかり涙が乾いた頬で笑う。五歳児の無邪気なプロポーズだった。

結婚とはなにか、互いに理解などしていない。でも辛い境遇にいる彼女のお願いに、首を横に振れるはずもない。

『わかった。必ず迎えにくるよ』

貴俊の返事に明花はぱぁっと花が開いたように笑った。

いつか必ず、本当に迎えにいってあげよう。

そう心に誓ったが、それからしばらくして貴俊も不遇に見舞われる。母親がひとりで家を出ていってしまった。『絶対に迎えにくるからね』という言葉を残して。

家庭を顧みない仕事人間の夫に愛想を尽かしたのだ。

ほどなくしてアメリカに住む父方の妹、八重と暮らすべく日本を離れた。

明花のことが心に引っ掛かりながらも、下の名前しか覚えていない貴俊にはどうすることもできない。

母親に捨てられた過去を忘れるため、前だけを向き、言葉の通じない国で必死に生きた。

結局、母は貴俊を迎えにこなかった。

正確には、来られなかったと言ったほうが正しいのかもしれない。貴俊がアメリカの高校在学中に病に倒れ命を落としたのだ。

最初からそんなつもりはなかったのか。それとも生活基盤をしっかり整えるまで迎えられないと考えていたのか。今となっては確かめようもない。

あの約束は、永遠に果たされなくなってしまった。

そのせいなのか、貴俊はどんな些細な約束事にも非常にナーバスになる。

幼い頃に交わした無邪気な約束なのに忘れられなかったのは、そういった理由もあるだろう。

思いがけず明花を見つけたのは、アメリカで経験を積み、桜羽グループを継ぐべく満を持して帰国した頃。貴俊の専属秘書を選考している最中だった。

桜羽ホールディングス本社の人間だけでなく、グループ傘下にも枠を広げ、より有能な秘書を求めて大掛かりな選出が行われていた。

そうして集めた百人近くの身上書の中で、ふと貴俊の目に留まった名前があった。

（〝明花〟……。彼女と同じ名前だ）

静かに打っていた脈がトクンと弾む。しかし名字の記憶はあやふや。彼女がそのときの女の子だという確証はない。

（いや、待てよ。この目……）

書類に添付されていた顔写真を見て、幼い日の記憶が鮮明に再生される。

どことなく儚げに見える優しい目元は、まさにあのときの女の子だった。

（そうだ、そういえば〝雪平〟と名乗っていた。嘘だろう。こんな奇跡があるか？）

探そうと思っていた矢先の出来事に胸が震える。

『気になる者でもいましたか？　その女性はうちのグループ傘下の企業に所属しているようですね』

秘書室長の糸井が書類を覗き込んだ。

身上書には物流会社の名前が記載されている。

『ですが、職をかなり転々としていますね』

糸井が指先で眼鏡のブリッジを上げて指摘する。

『そうだな』

彼の言うように、数カ月単位で入退社が記されていた。短いときには一カ月しか在籍していない職場もある。

『秘書に適性のある優秀な者をピックアップしたつもりですが、経歴に難がある者も交ざってしまったようです。申し訳ありません』

書類の束から弾こうと伸ばした糸井の手を貴俊は制した。

『いや、この女性との面談をセッティングしてくれ』

糸井が激しく瞬きをする。

『問題のある人物のようですけれど……』

『かまわない。できるだけ早く頼む』

単なる同姓同名で、まったく別人の可能性だってある。もしくは貴俊が名前を記憶違いしているのかもしれない。

それでも確かめずにはいられなかった。

『かしこまりました』

一瞬戸惑うように目を泳がせた糸井だったが、すぐに気を取りなおして従った。

ところが面談はすぐに諦めざるを得なくなる。明花はすでに退職したあとだった。

今回の在籍期間は僅か五カ月。いったいなぜ、ここまで短いスパンで職を変えるのだろう。

（よほど堪え性がない人間なのか？　それだけの短い在籍期間で、桜羽ホールディングス副社長の秘書にどうかと推薦されるほど有能なのに？　これじゃ、まるでなにかから逃げているみたいじゃないか）

ちぐはぐな印象に違和感を覚えずにはいられない。

余計に〝雪平明花〟が気になり、真相を確かめるために依頼した調査会社の報告で、ふたりは同一人物だとわかった。

それによれば、複雑な事情を抱え幼い頃から義母や義姉から冷遇され、現在もひどい扱いを受けているという。転職を繰り返しているのは、勤め先に彼女を誹謗中傷するメールや電話が頻繁にあるためだとか。

さらに突っ込んだ調査により、その発信者が義母姉だと判明した。彼女の行く先々でふたりが嫌がらせを繰り返していたのだ。

当時、公園で泣いていた彼女を思い出し、苦々しいものが込み上げてくる。

義母の気持ちにも理解できる部分はある。夫が愛人を作り、その子どもを認知したうえで一緒に暮らすことになったのだから。愛情を注げないのも無理はない。

だが、相手は年端もいかない幼い子。怒りの矛先を向けるべき相手を間違えている。明花にはなんの非もないのだから。

物心がつく前に実の母を亡くし、あたたかい家庭とは縁遠いところで生きてきた明花を思うと胸が痛い。

彼女は、今どうしているのだろう。

ひどい生活から抜け出せる日を夢見て、あの日、彼女は貴俊に託したのだ。

そして貴俊は、あのときたしかに頷いた。

彼女はそんな約束など、覚えていないかもしれない。

(でももしも……。今でもあのときの約束が果たされるのを待っているとしたら?)

待ち続け、叶わない願いだと知ったときの絶望なら、嫌というほど知っている。それを経験した貴俊には、約束を反故にすることはできなかった。

今の明花が貴俊を必要としていないのなら、それでいい。約束を見極めるために、彼女に会う必要があった。

『部屋を探しているんですが』

数日後、貴俊は片野不動産を訪れた。

アメリカから帰って間もない貴俊は、すぐに仕事で多忙になったためホテル住まい。

事実、そろそろ部屋を探さなくてはと考えていた。

『いらっしゃいませ。お部屋ですね。では、こちらにおかけください』

二十数年ぶりに再会した明花は、優しい笑みを浮かべて椅子を勧めた。

アンケート用紙に名前を記載し、彼女に手渡す。

もしかしたら明花も自分を思い出すのではないか。ふとそんな考えが過ったが、彼女は貴俊の名前を見ても無反応だった。

とはいえ、貴俊よりも幼かった彼女が、たった一度聞いただけの名前を覚えていないのも当然だ。辛く悲しい記憶を無意識に封印している可能性だってある。

つい期待してしまったため寂しさを覚えたが、そのほうが彼女にとっては幸せだろうと思いなおした。

『どういったお部屋をお探しですか？　絶対に外せない条件はありますか？　例えば駅近や部屋数、日当たりですとか』

明花はタブレットを操作しながら、貴俊に質問をしてきた。

（ああ、この目だ）

見覚えのある眼差しが、昔と重なる。幼い頃の面影を残したまま、彼女は美しい女性に成長していた。

漠然としたイメージを伝え、明花がそれに見合った部屋をピックアップしていく。

『こちらはいかがですか？　あ、でも間取りが合いませんね。ではここなんていかがでしょう』

転職して間もないせいか不慣れで説明不足なところはあるが、なんとか条件に合う部屋を見つけたい、お客様を喜ばせたいといった想いがひしひしと伝わってくる。きっと親切で真面目な女性なのだろう。

客商売だからお客に真摯に接するのは当然であり、あたり前の対応だが、人間というのはその内面を隠しきれないもの。短い時間であろうと、人格はふとしたところで滲んでしまう。

事実、明花はその眼差しに時折憂いを滲ませる。それはほんの僅かでありほとんどの人は気づきもせず、本人にも自覚はないのだろうが。

桜羽ホールディングスのトップに立つべく、様々な人間と関わってきた貴俊だからこそ察知するのかもしれない。人を見抜く目が自然と養われてきたのだ。

義母姉にひどい扱いを受けながら生きてきたのに性格が捻じ曲がることなく、明花は素直に真っすぐ育ったのだろう。

親の愛情を受け何不自由なく生きてきた人たちに囲まれてきた貴俊にとって、これまで出会ったことのない女性だった。

彼女が貴俊を必要としていなければそれでいい。そう考えてここへ来たはずなのに、彼女に強く惹かれる自分がいた。

珍しい存在に対する単なる興味なのか、自己満足の庇護欲なのか。それともこれが愛なのか。

約束を守るためではなく、明花とともに生きていきたい。そのときの貴俊は純粋にそう思った。

そう決意してからの貴俊の行動は早かった。

雪平ハウジングが経営難に陥っていたのは貴俊にとって幸いだったと言っていい。政略結婚なら、明花を強制的にあの家から連れ去れる。明花と愛を育んで結婚する時間は惜しい。

もしかしたらこれは神様が与えてくれた絶好のチャンスなのではないか。

そう思うほど、タイミングの良さに感謝した。

半ば〝約束〟に憑りつかれたかのよう。貴俊は明花との結婚に精力的に向かった。

お見合いで再会したとき、〝ああ、やはり彼女だ。結婚相手は彼女がいい〟と鮮烈に感じたのは、約束とはべつに、明花の内面から溢れるしなやかな美しさに魅了されたからにほかならない。

そしてそれは会う回数を重ねるごとに強くなっていった。

もし幼い頃に結婚の約束を交わしていなくても、貴俊は明花に惹かれていたに違いない。

彼女を思い浮かべ、貴俊は薬指に輝く指輪に唇を押しあてた。

確信する愛

迎えたゴールデンウィーク初日、明花は部屋を引き払い、貴俊との結婚生活がスタートするマンションへやって来た。

これまで何度か訪れているものの、未だに人ごと感覚で結婚同様に現実味がない。いよいよ彼との生活が、ここで始まる。

そう思うと、嫌でも背筋が伸びる思いだ。

「貴俊さん、今日からどうぞよろしくお願いします」

「そんなにかしこまらなくていいから」

深く下げた頭を、出迎えてくれた貴俊がふわりと撫でる。

たったそれだけで心臓が大きく弾む理由を、明花自身も気づきはじめていた。

ゆっくり顔を上げると、貴俊と目が合った。優しく微笑まれ、どう返したらいいのかわからず、ただただ頬を熱くする。

ホテルで初めて顔合わせをしたときには仕事の一環としての結婚といった様子だったのに、会うごとに貴俊の印象はやわらかなものへと変わっていく。

羽毛に包まれるようなあたたかな安心感といおうか。心がとても安らぐ。

その反面、時折注がれる熱を帯びた視線にドキドキさせられるからかなわない。

「は、はい。では先に荷物を片づけちゃいますね」

理由をこじつけ、彼から目線を逸らした。

引っ越し業者による荷物の運び込みが終わり、広いリビングの隅にはダンボールが積み重ねられている。これまで慎ましく生活してきたため大した数ではないが、開封して収納していくとなるとなかなかの手間だ。

「少しずつ整理していけばいいよ。少し休憩しよう」

ウォークインクローゼットに閉じこもっていると、貴俊が現れた。

扉に手を突き、小首を傾げた彼を見ただけで鼓動が跳ねる。

流し目というのか、少し斜めに飛ばした視線には色気まである。

(これからずっと一緒に暮らしていくのに、貴俊さんを見ただけでドキッとするなんてどうしよう。いつか心臓が壊れたりしないかな……)

本気で心配するほど、明花の鼓動は速く刻む。

「はい。それではコーヒーでも淹れましょうか」

手を止めて彼を追い、リビングへ行くといい香りが漂ってきた。テーブルにはカップがふたつ並んでいる。コーヒーだ。

「貴俊さん、淹れてくださったんですか」

「料理やアイロンがけは苦手だと佐奈たちにこき下ろされたけど、コーヒーは抜群にうまいのを淹れられる」

貴俊が、お祝いに駆けつけたパーティーで暴露されたときのことを不意に持ち出す。

唐突に〝佐奈〟の名前が出てきたため、明花はドキッとした。

こっそり貴俊の横顔を盗み見るが、特に変わった様子はない。

（少しは佐奈さんへの想いが薄れてきているのかな）

明花との結婚で、貴俊の気持ちを楽にさせられるのなら嬉しい。

ほっとして思わずふっと笑みを零すと、貴俊は明花の頬を指先でくすぐった。

「こら、笑うな」

「ごめんなさい。そんなつもりじゃないんです」

ほっとしたのはもちろん、彼と他愛のない会話をするのが楽しいから。じゃれ合っているのが恥ずかしくて、それでいて嬉しい。

「ともかく座って」

「ありがとうございます」

貴俊の隣に並んで座る。早速カップに口をつけると、まろやかな味わいが広がった。

「おいしい……」

そういえば、ミレーヌのロールケーキを持ってきたときに飲んだコーヒーもとてもおいしかった。

あのときは初めてラフな格好をした彼を見たため、ドキドキして味わうどころではなかったけれど。

「だろう」

明花の感想に気を良くしたのか、貴俊は上機嫌だ。

「自宅でもこんなにおいしいコーヒーが淹れられるんですね。お店じゃないと無理だと思っていました」

自宅ではインスタントがせいぜい。実家暮らしをしていたときは義母や義姉に豆を挽くところからコーヒーを淹れていたが、明花は飲むのを禁じられていた。

「今度、おいしい淹れ方を教えてください」

「それはできないな」

なんと断られてしまった。残念に思ったのも束の間……。

「コーヒーは俺が淹れるから明花は覚えなくていい」

思いがけない理由がくすぐったい。

「ありがとうございます」

毎日、彼が淹れるおいしいコーヒーを飲める幸せに胸が躍る。

「夕食は外に出よう。まだ時間があるから、それまで好きに過ごしたらいい」

「それじゃ、もう少し片づけを進めますね」

「せっかくのお祝いだから、お互いにドレスアップしようか」

コーヒーを飲み干し、立ち上がりかけた明花に貴俊が提案する。

「そうですね」

新生活を祝うディナーなら、断然そのほうがいい。

「この前貴俊さんに買っていただいたドレスを着てもいいですか？」

一度だけの出番ではもったいないし、いい機会だ。

「もちろん。着ておいで」

貴俊が笑顔で頷く。

彼と一緒にウォークインクローゼットに行き、明花は再び整理を開始。貴俊は着替えのためのスーツを手にしてからリビングへ戻った。

それにしても贅沢な空間だとしみじみ感じる。洋服やバッグなどに十二畳も使われているのだから。

実家で明花が与えられていた部屋は四畳半だった。それも収納スペースとして造られた部屋のため窓がない。

愛人の娘が住まわせてもらっているのだから、ひとりの部屋があるだけで幸せに思いなさいと義母にきつく釘を刺されたこともある。

そんな当時の暮らしから考えると、ここでの生活は天国以上と言っていいかもしれない。

(雪平家から連れ出してくれた貴俊さんへの感謝は絶対に忘れずにいないと)

貴俊を支え、いい妻になれるよう心掛けようと改めて思いながら腕時計を確認する。

約束の時間は六時。ヘアメイクも少し手直ししたい。

(あっ、そろそろ準備に取り掛かったほうがいいかな)

手にして、早速着替えに取り掛かる。試着と合わせて三度目の着用ともなれば手慣れたものだ。

寝室にはシャワールームやパウダールームも完備されているので、そこで数少ないメイク道具を広げた。

パーティーのときには万智に借りたヘアアイロンで巻き髪に挑戦したが、今日はそうはいかない。手の込んだセットはできないため、ざっくりと編んだみつあみを後ろでふんわりとまとめる。Tゾーンの脂浮きをパウダーで押さえ、チークを追加。唇は明るめのグロスで艶を出した。

パンプスを手にリビングへ行くと、ひと足先に着替えを終えた貴俊がソファから立ち上がった。彼も、パーティーのときに着ていたネイビーのスーツだ。おそらく明花に合わせてくれたのだろう。

「お待たせしました」

ついさっきまでナチュラルなヘアスタイルだったが、両サイドを整髪料で撫でつけ、いい男ぶりを見せつける。相変わらず素敵なため、明花は密かにため息を漏らした。

貴俊がゆっくり、ふわりと笑う。

月夜に花開く月下美人のよう。妖艶な笑みに鼓動が小さく跳ねた。

「行こうか」

「はい」

貴俊は明花が持っていたパンプスを手に取り、もう片方の手を細い腰にあてた。

何度となくされてきたエスコートも、今夜はいつもとは気分がちょっと違う。それは、ふたりの結婚生活がスタートする夜だからだろう。婚姻届を出したときよりも現実味があるせいか。

浮ついた心と少しの緊張、それから並々ならぬ覚悟も。決して混ざらないそれらが、明花を優しくいたぶる。

貴俊が玄関で唐突に跪く。

「足を出して」

言われるままにおずおずと出した足に手を添え、貴俊は明花にパンプスを履かせた。

まるでお姫様みたいな扱いに戸惑いが半分、ときめきが半分。貴俊と出会ってからの明花は、経験のない感情に揺さぶられることが多くなった。

立ち上がった貴俊にエスコートされてマンションを出ると、そこに一台のハイヤーが止まっていた。テレビでしか見たことのない、長い車体の高級車だ。

「せっかくのお祝いだから、お酒で乾杯しよう」

「はい」

帰りの運転を考えて呼んだらしい。

降り立った運転手が恭しく開けたドアから、明花たちは後部座席に乗り込んだ。

車体に沿って設けられたホワイトレザーのシートが高級感を醸し出す。小ぶりのシャンデリアまであり、コンパクトな高級ホテルの一室のようだ。

貴俊と並んで座ってすぐ、車は発進した。

「こんな車、初めて乗るのでなんだか緊張します」

「初めてか。いいね」

貴俊はクスッと笑って明花の手を握った。

ほどなくして車は街の喧騒から離れ、オレンジ色の洋瓦屋根の建物の前に停車した。ヨーロピアン調のアーチ型の窓がいくつも並び、大きな邸宅のよう。

運転手がドアを開け、貴俊に手を添えられて降り立つ。昼間であれば光を通しそうな華やかな鉄格子の扉を開け、店内に入った。

すぐに現れたスタッフにより、明花たちは席に案内される。磨き上げられたフロアは広いのに数える程度しかテーブルがなく、空間の使い方がとても贅沢だ。

明るさを抑えた照明が品格を上げ、テーブルに灯されたランプがやわらかな雰囲気を作り上げている。

「素敵なお店ですね」

「お気に召した？」

「はい、とっても」

夫婦生活のスタートを切るにふさわしいロマンティックなレストランに胸が躍る。

「乾杯しよう」

赤ワインを注がれたグラスを傾け、早速口をつけた。口いっぱいに広がるまろやかな酸味が味わい深い。

心なしか貴俊の眼差しが甘いのは、このあとに控える初夜のせいだろう。子どもを作る行為を前に、明花はもちろん貴俊自身の気持ちを和らげるため。距離を縮める一環だ。

ほどなくして前菜が運ばれてきた。

「季節野菜と熟成イベリコ豚の生ハムでございます」

白い皿の中央には生ハムを巻いたミニ人参、その周りを囲むようにしてアスパラガスやそら豆、春ごぼうなどが添えられ、かけられたオレンジソースが華やかな彩りだ。

早速ナイフとフォークでミニ人参を切り分け、ソースを絡めて口に運ぶ。

「……おいしい。生ハムの塩気とオレンジの爽やかな酸味がとってもマッチしてます」

「口に合ってなによりだ」

貴俊も嬉しそうにミニ人参を口に運んだ。

他愛のない話をしながらコース料理は進み、メインの肉料理であるステーキがサーブされる。

スタッフの説明によると、そのときの最も良質な牛肉を厳選しているのだとか。肉質を見極め、シェフが火加減や味付けにより魅力を最大限に引き出した逸品だと言う。

そしてその言葉の通り、やわらかい肉は何度か噛んだだけで溶けて消えた。

「飲み込んでないのに、お肉がどこかにいってしまいました」

驚きを口にすると、貴俊が笑みを零す。

「それじゃ、いくらでも食べられるな」

「ほんとですね」

「おかわりをもらおうか?」

「いえいえっ、そんなには食べられません」

本気でスタッフを呼びそうな勢いの貴俊を必死に止めた。

(だけど私、ここまでよくしてもらっていいのかな……)

慣れない幸せを前にして、ふと不安が押し寄せる。

貴俊にはほかに好きな女性がいて、その人を忘れるために結婚したのだとしても。

世間の人たちが家族みんなで祝う誕生日もクリスマスもお正月も、ひとりぼっちの思い出しかない。義姉の笑い声を遠くに聞きながら、窓のない狭い自室で膝を抱えていた。

義母にきつく制されるため、弱い立場の父も手立てがなかったのだろう。隠れてこっそり父が差し入れてくれたケーキをひとりで食べるのが、明花にとっての日常だった。

虐げられてきた年月の長さが、明花をそう簡単には解放してくれない。

「どうかしたのか？」

明花の異変に気づいた貴俊が、顔を覗き込む。

「あ、いえ、なんだか申し訳なくて……」

「なにに対して？」

感じたままを素直に告げると、貴俊は不可解そうに眉根を寄せた。

「こんなふうに誰かとお祝いするのは初めてで。私なんかがいいのかなって」

ずっと日陰で生きてきた身の自分が、貴俊のような華々しく素晴らしい人の妻として一緒に歩んで本当にいいのだろうか。政略結婚から想像していたものと、現状とのあまりの違いを未だに呑み込めていない。

(私は貴俊さんに優しくされていい人間じゃないから)

一度マイナス思考に陥ると、底なし沼のようにずぶずぶとはまってしまう。

『他人のものを盗った人間の子どもも泥棒と同じ。恥を知りなさい』

罵倒された日々は、明花に深く濃く染みついていた。

「明花」

テーブルの上で手を組み、貴俊が明花を真っすぐ見る。

「……はい」

「明花は人から後ろ指を差されるようなことはなにもしていないよ。たしかにキミのご両親は世間の常識を踏み外したのかもしれない。でもそれはご両親の問題であって、キミ自身とは別問題。明花にはなんの落ち度もない」

貴俊は優しい声色できっぱりと断言した。

「両親の問題であって、私の問題では……ない」

彼の言葉をゆっくり繰り返す。

予想もしない意外な言葉だったため、理解するのに時間を要した。

瞬きもせずに彼を見つめ返す。そんなふうに言われたのは初めてだった。

「そうだ。生まれてくる環境は誰だって選べないんだから。そのことで明花が裁かれるのはおかしな話だ」

自分の行いが悪いからこういう目に遭うのだと信じていた。すべて自分のせいだと。

愛人の子どもとして生まれたのも、人から疎まれ、蔑まれるのも。

人間としての誇りを諦め、息をひそめてひっそり生きていくのが正しい道だと思っていた。

でも、そうじゃない。

(私は私。お父さんでもお母さんでもないんだ)

初めて人格を認められた気がした。

「愛人の娘という身の上を恥じているのなら、そんな考えは今日限りでおしまいにしよう。明花には幸せになる権利がある」

「幸せになる権利……」

とっくに諦めていた──いや、そもそも考えてもいなかったものが今、目の前に──。

「俺のそばで幸せになれ、明花」

これまでの痛みごと包み込むような、優しくてとても穏やかな貴俊の笑みに、冷え切っていた心がぬくもりを取り戻す感覚がした。

じわりじわり。焚火にあたっているみたいにほっとするあたたかさだ。

「……はい、そうさせてください。貴俊さんと一緒に」

視界が急に開けたような気がした。

明るくて、希望に満ちた世界が、きっとこの先に。

明日の自分さえ保証されなかった幼い頃の自分に教えてあげたい。大きくなったら、とっても素敵な人があなたを迎えにくるからと。だから泣かないでと。

たとえ今、貴俊がべつの女性を愛しているとしても、いつかきっと愛してもらえるように努力しよう。

明花は生まれて初めて、心の底から湧き上がるような喜びを感じていた。


高級レストランで素敵なひとときを過ごし、帰宅した明花をただならぬ空気が包み込む。

貴俊とのお見合いのときとも、初めてのデートのときとも違う。たぶん人生史上、類を見ない緊張だ。

貴俊より先にお風呂を済ませ、寝室で待つように言われた明花は、所在なく部屋の隅っこに突っ立っていた。

（なにをしていたらいい？）

こういうときに女性はどうしていればいいのかがわからない。

ベッドで寛ぐなんてもってのほか。窓辺のソファに座るのも無理。ただただ、広い空間の端で胸を張り詰めさせて待つ以外にない。

ベージュとグレーの淡いトーンで統一されたその部屋は、シンプルなコーディネートだからこその高級感がある。センスのよさはほかの部屋と同様だ。

さすが貴俊さんなどと考えて気を紛らわせていると、いよいよドアが開き、彼がやって来た。

尋常じゃない音を立てた心臓に自分でびっくりする。

「そこでなにを？」

不思議そうに問われ、体はますます直立になった。

背中に定規どころの話ではない。柱に縛りつけられている錯覚すらある。

「あ、あの、貴俊さんを待って……ました」

「そこに立って？」

「……はい」

どうか彼の目には異様な人間に映りませんようにと祈る以外にない。

「おいで」

ふっと笑みを零した貴俊が手を前に出すと、それまで微動だにしなかった明花の足がふらりと一歩出た。

まるで操り人形のよう。糸につられて動いているみたいだ。

一歩、また一歩。ふたりの距離が縮まり、彼の手が明花の手首に触れた。

「震えてる？」

ついビクンと肩を揺らしたせいだろう。貴俊が目を細めて首を傾げる。

「ちょっと緊張しているだけです」

本音を言えば、ちょっとどころの話ではない。恋愛経験がない明花にとって、こういうシチュエーションは初めてだから。

（このままだと本当に心臓が壊れてしまうかも……）

そう心配するくらい鼓動は早鐘を打っていた。

彼にとっては単に子どもを作るための行為。愛のないものだとわかっていても、鼓動のスピードは緩められない。

そして、そう考えるのとは裏腹にチクチクと胸が疼く。

「あの、でも大丈夫です。貴俊さんが、子どもが欲しいのはちゃんと理解していますから」

だから明花の緊張など気にしないでほしいと、自分にも言い聞かせるつもりで必死に伝えた。

貴俊から戸惑う空気が漂ってきたため、余計な発言だったと即座に後悔する。

「すみません、あの――」

「明花、俺はキミになにか誤解させてる？」

「いえ、違うんです。なんでもないです」

貴俊に気を使わせてしまったため、急いで訂正する。

「こっちにおいで」

貴俊は明花の手を引き、ベッドに座らせた。

「明花との結婚は、政略的に進めたものに間違いはない。でもそれはあくまでも手段であって目的じゃない」

雪平ハウジングの高断熱工法という〝目的〟を手に入れるための手段なら、明花もよく理解している。

「はい、わかっています」

「いや、明花はわかっていない」

貴俊の意図が掴めず、小首を傾げて彼を見た。

向かい合って座る彼の目に熱が宿る。

「俺が欲しかったのはキミだ、明花」

「えっ……私？」

鼓動が弾むと同時に声が裏返る。貴俊から向けられる眼差しの熱っぽさが、明花の胸を張り詰めさせる。

無意識に息を止めると、時間まで止まったよう。

瞬きも忘れて彼の瞳に見入り、激しい緊張感に包まれる。

「だけどそれは……佐奈さんを忘れるためですよね？」

問いただすつもりはなかったが、思いきって質問をぶつけた。

きっとそうに違いないが、あやふやな想像だけでなく、貴俊の口からはっきりと聞いて覚悟をもっと深めたい。

「佐奈？　どうしてそこで彼女が出てくる？　俺が彼女を好きで、忘れるために明花と結婚したって？」

貴俊の眉間にざっくりと深い皺が刻まれる。

「……違うんですか？」

「彼女に友人以外の感情はない」

「それじゃ三橋さんはどうして……」

ポツリと漏らした声を貴俊は聞き逃さなかった。

「三橋？　三橋が明花になにか言ったのか？」

「貴俊さんは佐奈さんをずっと好きだったと。今でもそうなんじゃないかって」

貴俊がため息をつく。やるせなさが滲む、深いため息だった。

「アイツ……」

貴俊がぎりっと歯を食いしばる。苦々しい表情を浮かべた。

「違うんですか？」

「三橋は面白半分で明花に言ったんだろう。昔から俺をよく思っていないから」

「そうでしたか……」

冷酷という噂を流すくらいだから、明花を誤解させようとするのも頷ける。愛のない政略結婚だと知ったから余計だ。

「佐奈に対して恋愛感情を抱いたことは一度もない」

貴俊がきっぱりと否定する。そこに嘘はないように感じたが、この際思っていたことはすべて吐き出したほうがいいと腹をくくる。

「佐奈さん、とても素敵な方なので、いつも一緒に過ごしていれば好きになっても当然だと感じてしまって……。レストランでお会いしたとき、貴俊さんが寂しそうな目をしていたので、私もてっきりそうなのかと。その後、三橋さんから話を聞いて、やっぱりと思ってしまったんです」

「たしかにあっちでは四六時中一緒にいたが、彼女は充に対するのと同じように同志みたいなものだったから」

「同志……」

彼の言葉を繰り返す。

「寂しそうな目をした覚えはないから、明花の勘違いだろう」

明花が、佐奈への恋心を持て余していると思って貴俊を見ていたのはたしか。そのせいで余計なフィルターがかかったのかもしれない。

「勝手に思い込んでごめんなさい」

「いや、はっきり伝えていなかった俺も悪いから。でも今言ったのは全部本当だ。嘘も偽りもどこにもない」

真剣な眼差しが、信じてほしいと訴えかけていた。

そして、そんな彼に応えたいと明花の心が震える。

「俺以外の誰かの言葉に、もう傷ついたり振り回されないでくれ」

「はい、貴俊さんの言葉だけを信じます」

そう言った瞬間、不意打ちで組み伏せられた。胸の前で所在なさげにしていた手は、ベッドに縫い留められたようになる。

「そう、俺だけを信じて。今も、これからも」

貴俊の声色と目に、否定を許さない強さが滲む。

彼に応えたくて、でもいい言葉が見つけられない。なにか今、伝えるべきことはないかと思考回路を駆使してサーチする。

「いい妻になれるよう努力します」

結果、出てきたのは決意表明みたいなものだった。

そんな明花に貴俊がふっと笑う。意表を突かれて出てしまったような笑いだった。ちょうどお見合いで明花が趣味を尋ねたときのように。

「いい妻になる必要はない」

真上から見下ろす彼の目は底抜けに優しかった。

そんなふうに明花を見つめてくれたのは、亡くなった母ひとりだけ。父ももちろん優しかったが、贖罪が色濃かったように思う。罪滅ぼしの優しさだったのだ。

「明花は明花のままでいい」

「私のままで……?」

頷く代わりにゆっくり瞬きをした彼の目が、にわかに熱を帯びていくのがわかり、鼓動が徐々にスピードを上げていく。もう時間稼ぎは無理だと悟る。

「今すぐ俺を好きになれとは言わない。だが絶対に好きにさせるから、明花は黙って俺に愛されていればいい」

独占的で執着にまみれた感情が声や口調、眼差しから伝わってくる。決定的な言葉の破壊力は凄まじかった。

（……貴俊さんが私を……愛して、る？　不動産屋でたった一度会っただけなのに？）

驚きと同時に唇が塞がれる。繋がれていた指先に反射的に力が入った。

握り返された手の力とは裏腹な優しいキスが、明花の体の強張りを解いていく。ふわふわした心地なのに、体の奥からせり上がってくる感情で胸がチリチリと熱い。

その正体がなにか、明花は気づいていた。

もう黙ったままではいられない。想いを打ち明けてくれた彼に、明花も自分の言葉でしっかり伝えたかった。

彼の胸を押してキスを解く。

貴俊はなぜ？と疑問を滲ませ明花を見下ろした。

「もうとっくに好きです。……私、貴俊さんが好きです」

彼への想いが恥ずかしさを超える。

「貴俊さんと結婚できてよかった。私、今ものすごく幸せです」

政略結婚に期待はしていなかった。父と義母のように冷え切った夫婦をそばで見てきたから。

明花は単なる駒であり、愛される対象でもなければ資格もないと思っていた。

こんな幸せな日が訪れるなんて誰が想像できただろう。

「明花、俺もだ」

髪の毛に神経はないはずなのに、明花の髪を撫でる彼の手つきから愛しさが溢れるのが伝わってくる。

「貴俊さんに幸せを感じてもらえて嬉しいです」

「それは俺のセリフだ。明花の幸せを願っていたから」

「……幸せを願って？」

聞き返したそばから、唇が再び彼によって塞がれる。さっきまでの慈しむようなキスとは打って変わり、閉じていた唇を割り彼の舌が侵入してきた。

熱いと思った数秒後にはふたりの体温が混ざり合い、どちらの熱だかわからなくなる。舌を絡めて吸われ、口腔内を舐め尽くされ、淫らな水音が明花の思考を奪い、頭は次第に白く霞んでいく。

もうこのまま溶けてしまいたい。

そう願うほどキスに溺れ、彼の舌の動きに必死に合わせているうちに、体が芯から火照っているのを感じた。

たぶん、それは貴俊も同じ。湿気を孕んだ吐息の温度でわかる。

気づけば明花は、彼の前に素肌を晒していた。

息もつかせないほど熱烈なキスに夢中になっているうちに、貴俊が着ているものを器用に剥ぎ取っていったのだろう。思わず胸の前で腕をクロスさせた。

「怖い？」

そう聞かれて首を横に振る。

彼との行為に怖いものはなにもない。

「初めてなので恥ずかしいだけです」

「それじゃ俺も脱げば、おあいこだ」

言うなり貴俊はボタンを外しもせずにパジャマの上着を脱いだ。

放り投げられたそれが、ベッド脇にはらりと落ちる。明花の前に均整のとれた体が晒された。

隆起した胸板、ほどよく割れた腹筋、逞しい上腕二頭筋が明花の目を釘づけにする。

「これでいいだろう？」

全然よくない。鍛え上げられた肉体美を前にしたら、余計に怖気づいた。

「私の分《ぶ》が悪過ぎます」

「明花が意見するなんて珍しい」

「自己主張しなさ過ぎると言ったのは貴俊さんですから」

つい彼の言葉を引き合いに出すと、貴俊はくくっと喉の奥を鳴らした。

「そうだったな。明花はもっとわがままになっていい。でも今、その意見は聞けないな。俺は明花を抱きたくてたまらないから」

貴俊のような一流の男にそんなふうに乞われて、屈しない女性はいないだろう。恥ずかしさが一気に薄らいでいく。

貴俊は明花の手を胸の前からそっと外し、もう一度明花を組み敷いた。劣情に色塗られた瞳が明花を射抜く。

「まだ誰のものにもなっていない明花の全部が欲しい」

今にも唇が触れそうな距離で囁いた声の甘さに胸が疼く。その疼きがさざ波のように全身に広がり、体が沸騰するように熱い。

「私を全部もらってください。貴俊さんのものにして」

言うなり、奪うような口づけが降ってきた。

無我夢中で応える吐息が唇の隙間から零れていく。それを追いかけるようにして貴俊のキスは首筋を伝って胸元へ下りていった。

甘美な刺激は明花を乱し、初めてとは思えない快楽を植えつけていく。敏感な場所に触れられるたびに明花は体を反らせ、出したことのない甘ったるい声が漏れる。

貴俊と結婚しなければ、こんなことは経験せずに一生を終えていたかもしれない。

体を貫かれた痛みは彼のキスで癒され、さらに未知の世界へと連れ去られていく。

「愛してる」

言い合うたびに幸せが大きく膨らんでいく。

明確な愛の言葉は、遥か昔の記憶の中にある。それも曖昧で、もしかしたら覚え違いなのかもしれない。

(ううん、そうじゃないわ)

母に抱きしめられ『世界で一番愛してるからね、明花』と言われた声が不意に蘇る。

二度とかけられないはずの言葉を好きな人から聞ける嬉しさと、好きな人と本当の意味で結ばれる喜びに胸が震えた。

貴俊の腕で果てた明花は、間違いなく世界で一番幸せだった。

呪縛から解き放たれて

今年は明花にとって盛りだくさんな春だった。

家業の危機を知り、貴俊とのお見合い、そして結婚と目まぐるしく日々が過ぎ、明花の環境は様変わりした。

貴俊との結婚生活がはじまって一カ月半、それまでの人生が嘘のような満ち足りた毎日を過ごしている。日陰の身だった明花は、まるで生まれ変わったよう。

家事は全般的に苦手な貴俊だが、明花ひとりに押しつけず、ときにふたりでキッチンに立つのが楽しみでもある。

貴俊の提案で週に何度かハウスキーパーやランドリーサービスを利用しているため、明花の負担も独身のときとさほど変わらず、仕事を続けていられるのはありがたい。

結婚式の準備も少しずつ進めている。華やかな場が苦手な明花はできればひっそりと式を挙げたいが、大企業の御曹司である貴俊はそうはいかない。

明花との時間を割くために貴俊が無理をしているのではないかと心配したが、仕事は順調なようだった。つい先日は初めて経済誌のインタビューに答えたらしく、桜羽ホールディングス次期社長の初顔出しだと話題になった。

彼が冷酷でひどい容姿だという噂も、きっとすぐに消え失せるに違いない。

梅雨入り間近にもかかわらず、六月の空は見事に晴れ渡っている。

貴俊を送り出したあと、公休の明花は中庭でコーヒーを飲もうと準備をはじめた。

ふたりのときは彼がコーヒーを淹れるのが常だが、教わった通りに豆を挽いて抽出していく。

「いい香り」

香ばしい匂いをいっぱい吸い込む。これまで紅茶をよく飲んだが、貴俊の淹れたコーヒーを飲んだときから、明花は完全にコーヒー派になった。

カップに注ぎ、庭へ出る。夏はまだ先だというのに日差しは容赦ないが、外で飲むコーヒーが格別なのもここで暮らしはじめてから知った。

庇《ひさし》の下に配されたテーブルにコーヒーを置き、ロッキングチェアに腰を下ろしたそのとき、インターフォンが続けざまに二度鳴った。

「誰だろう」

ここで暮らしはじめてから訪れたのは貴俊の父親だけ。それも結婚祝いにワインを届けに来たけだ。友人の充や佐奈は、新婚家庭にお邪魔するのはもう少し先にすると言っているらしい。

明花が仲良くしている同僚の万智も、充たち同様に遠慮している。

インターフォンが鳴らされるとすれば宅配便くらいのものだが、荷物が届く予定はなかった。

ロッキングチェアを揺らして立ち上がり、明花が受話器に行くまでにさらに二度もインターフォンが鳴る。よほど急いでいるみたいだ。

慌てて応答ボタンを押した明花は、モニターに映った顔を見て凍りついた。

「どうして……？」

義母の照美と義姉の佳乃だったのだ。

なぜ、ふたりがここへ。

嫌な音を立てた鼓動が、みるみる速くなっていく。

『雪平ですけど、桜羽さんのお宅ですよね？』

借りてきた猫のような佳乃の声に、明花は体をビクンと揺らす。応答ボタンを押したことを後悔した。居留守を使えばよかったと思わずにいられない。

急かすようにインターフォンが鳴らされる。

『明花、いないの？　いるんでしょう？』

照美の猫なで声が明花を揺さぶりにかかる。義母の命令を前に、明花は無力なのだ。簡単に過去に引きずり込まれてしまう。

「……はい」

絞りだした声は震えた。

『やっぱりいた。ここを開けてくれない?』

疑問形で聞いておきながら強制力のある照美に命ぜられるまま、セキュリティを解除する。

(いったいなにをしに来たの……)

不安が膨れ上がり、加速する鼓動のせいで息がしづらい。

ほどなくして再度鳴ったインターフォンが明花を焦らせる。スリッパを鳴らして玄関へ急ぎ、ドアを開けた。

姿を現したふたりが、中を窺うように首を伸ばす。

「桜羽さんは?」

「……仕事で不在です」

「そう。上がるわよ」

貴俊がいないのがわかった途端、ふたりはそれまでのよそ行きの態度を一変させ、強烈な怒りのオーラを放った。

明花が招き入れるまでもなくずかずかと上がり込み、その背中を明花が追いかける。

「こんなに立派な家に住むなんて、明花のくせに生意気」

腹立たしさを隠しもせず、佳乃が不満を口にする。

(この結婚から逃げたのは、お義姉様のほうなのに)

そう思っても、決して口には出せない。

「あの、お茶でも淹れますので……」

恐る恐る口を開いたが、ふたりから同時に鬼の形相で睨まれて震えあがった。

「そんなものいいから、そこに座りなさい」

照美が指差したのは、ソファでもラグの上でもなくフローリングの上だった。

いくらなんでもそれはない。ここは貴俊と明花の家なのだから。

以前の明花だったら簡単に従っていたかもしれない。でも貴俊に愛されて少なからず自信をつけた明花は、及び腰になりつつもソファに座った。

とはいえ小刻みに震える手はどうしても止まらない。どんな叱責を受けるか考えると、本当は堪らず怖いのだ。

「随分と偉くなったものね」

案の定、辛辣な言葉が飛んでくる。

それでも動かない――正しくは動けない明花の向かいにふたりは不服そうな顔をしてどかっと座った。

「早速だけど、明花、あなた離婚しなさい」

「……はい？」

顎を引いた照美の声は、地を這うみたいにおどろおどろしい。

「聞こえなかった？」

「お母さんはあなたに離婚しなさいって言ってるのよ」

照美の言葉を佳乃が繰り返す。

聞こえなかったわけではない。理解不能なだけだ。

「あの、おっしゃっている意味が……」

明花は首を傾げるほかにない。

「離婚がわからないなんて、あなたバカなの？」

「大学も出させてやってこれなんだもの。呆れるのを通り越して憐れだわ」

「離婚はわかります。ですが、雪平ハウジングを助けるために結婚しろとおっしゃったのは、お義母様とお義姉様では……」

貴俊は最初から明花との結婚を望んでいたと言ってくれたが、そもそもその話が出たときに絶対に嫌だと突っぱねたのは佳乃のほうだ。

「私は、世間に顔出しできないほど容姿が悪い御曹司は嫌だって言ったのよ。桜羽の御曹司がイケメンだって、どうして黙っていたの？　お見合いのときにわかったはずよ？　それなのに私に知らせないって、いったいどういうつもり？　横取りなんていい度胸ね」

佳乃が無茶苦茶な持論を展開する。

おそらく貴俊のインタビュー記事を見たのだろう。金持ちのイケメン探しに余念のない佳乃なら、経済誌をチェックしていてもおかしくない。

「あなた、わざと佳乃に言わなかったのよね？　地位も名誉もある、容姿の優れた男の妻の座を姉に譲りたくなくて」

「そんなっ」

言いがかりもいいところだ。

「そうに決まってるでしょ、お母さん。陰で私をあざ笑っていたのよ」

明花を顎で指し、卑屈な表情を向ける。

「あざ笑ってなんて」

明花はただ、雪平ハウジングを救いたい一心だったのに。

「それなら早く妻の座を佳乃に明け渡しなさい」

「だいたいあなたは雪平家のまっとうな血筋じゃないでしょ。長女は私よ？　政略的な婚姻を結ぶのなら、長女の私じゃないとおかしいじゃないの。そもそも愛人の子のくせに、桜羽グループの御曹司に嫁ぐなんて、よくできたものだわ」

「このまま結婚を継続すれば、桜羽グループにとっても大きなマイナスだってわからない？　桜羽の名を汚すのよ。だから早く離婚しなさい」

ものすごい剣幕だった。明花が口を挟む隙もない。

理不尽な要求だとわかっていても、ふたりを前にすると明花はどうしても萎縮する。

貴俊からもらった自信が、今にも根っこごと引っこ抜かれてしまいそうだ。

二十年以上もの間、向けられてきた憎しみが、明花を容赦なく過去に引き戻そうとしていた。

（でも……）

そこでかろうじて思いとどまる。

（私はもう昔の弱い私じゃない。人に恥じるようなことはなにもしていないんだから。貴俊さんもそう言ってくれたじゃない）

自分を奮い立たせて顔をぐっと上げた。

ふたりから矢のような視線が飛んできたが、なんとか押し留まる。

「私は……離婚しません」

ふたりに反論したのは初めてかもしれない。いつも言われるまま受け入れるしか手立てがなかった。

でも今の明花には味方してくれる人がいる。

「ちょっと、なに言ってるの？」

「離婚しないってどういうつもり？」

明花が歯向かうとは思ってもいなかったに違いない。ふたりは腰を浮かせかけ、眉を吊り上げた。

「あなたにそんな権利があると思ってるの？　雪平家の長女は私なの」

「恩をあだで返すなんて、そんな身勝手は許しません。恥を知りなさい」

さらに輪をかけて激しい口調で言い立てる。

ここで再び反抗したら火に油を注ぐだけ。なにより明花はそんな気力も残っていなかった。

「いい？　わかったわね？」

ふたりは言葉の刃を明花にさんざん向けたあと、それでも消えない怒りを抱えたまま最後に念押ししてマンションを去った。

途端に全身から力が抜けて、玄関で座り込む。もうふたりの姿はないのに動悸が激しくて身動きがとれない。

いくら明花が以前より強くなったとはいえ、理不尽な言いがかりの波状攻撃によるダメージは大きい。

（貴俊さんと離婚しろだなんて……）

雪平の家から出てもなお、こうして明花を追い詰めるふたりが怖い。それほどまでに明花が憎いのだろうか。

なんとか足を踏ん張って庭へ出たが、淹れたてだったコーヒーはすっかり冷めきっていた。

どれだけ庭でぼんやりしていただろう。

いつの間にか太陽は随分と傾いている。強い日差しが庇の中に差し込み、明花を照らしていた。

プールに張った水面が乱反射させた光で思わず目を閉じる。

「夕食の準備をしなくちゃ」

自分にハッパをかけて立ち上がった。

食材は週末に貴俊とふたりでいったスーパーで調達済み。献立もチキン南蛮とほうれん草入りジャーマンポテトと決めている。

チキン南蛮は油で揚げず、フライパンで焼くヘルシーなもの。ジャーマンポテトには栄養バランスを考えてビタミンやカルシウム、食物繊維が豊富なほうれん草を加えることで見た目も鮮やかになる。

料理に没頭していると、余計な雑念から逃れられるのがいい。

ゆっくり調理を進め、貴俊が帰宅したのは午後七時を回った頃だった。

貴俊に暗い顔は見せたくない。笑顔で出迎えた。

「おかえりなさい」

「ただいま」

もう何度もこうしているのに、未だに照れくさくて目を逸らしてしまう。それもこれも貴俊が素敵過ぎるからにほかならない。

だが、今日はいつも以上に彼の目を見られず俯く。明花の存在は桜羽グループにとってマイナスだという義母の言葉が蘇ったせいだった。

「明花?」

異変を感じ取ったのか、貴俊が腰を屈めて顔を覗き込む。

「なにかあったのか?」

「いえ、なにもないです」

なんとか取り繕って、リビングへ先に向かう。

「今夜はチキン南蛮にしてみました。油で揚げていないので、さっぱりと食べられると思います。付け合わせはジャーマンポテトにしたんですが、貴俊さん、じゃがいもお好きですよね」

肩越しにチラッと振り返り、献立を披露したが——。

「ちょっと待て、明花」

貴俊に手を取られ、振り向かされた。

「本当になにもなかったか?」

明花の腰を引き寄せ、貴俊がじっと見下ろす。揺れた瞳が心理を探りにかかった。

なにもないと言っても、たぶん貴俊は納得しない。

先週末、明花は体調を崩したが、そのときもそう。取るに足らない微熱に先に気づいたのも、明花自身でなく貴俊だった。

ほんの少しの変化を決して見過ごさない鋭い観察眼には、どうにも太刀打ちができないのだ。

「おいで」

貴俊はそのまま明花の手を引っ張ってソファに座らせた。

事実を話さない限り、逃れられない優しい尋問がはじまる。

「なにがあった？」

隣に座った貴俊の声はあくまでも穏やかだ。なのに答えをうやむやにできない強さがあり、明花は黙ったままではいられなくなる。

「今日、義母と義姉がここへ来たんです」

そう言った途端、彼の周りを不穏な空気が包み込んだ。

「なにをしに？」

彼女たちに言われたことを伝えたら、貴俊は〝それはもっともな意見だ〟と言わないだろうか。桜羽グループにとって明花はマイナス材料でしかないと、結婚を後悔しないだろうか。

彼女たちに言い返せても、手に入れたはずの自信は大きく揺らいでいた。

でも今さら貴俊の目は誤魔化せない。好都合な理由も思い浮かばなかった。

「じつは義母と義姉とはあまりうまくいっていなくて……」

〝あまり〟どころか〝かなり〟なのに、やんわりとぼかす。愛人の子どもと承知のうえの貴俊にも、そこまでは打ち明けていなかった。必要以上にかわいそうに思ってもらいたくなかったからだ。

驚く様子がないところを見ると、貴俊にも三人の関係性は想像がついていたのかもしれない。

「それでなんて？」

「……貴俊さんと離婚しなさいって」

「は？」

貴俊は眉間に深い皺を寄せ、険しい顔をした。

「本来なら長女が嫁ぐのが正しいのだから、私は身を引くべきだと。愛人の子じゃ、桜羽グループの名を汚すだけだと」

貴俊が盛大なため息をつく。お腹の奥から吐き出したような、とても深い息だった。

「俺ははなからキミのお義姉さんとの結婚は望んでいない」

その言葉なら明花も覚えている。最初から明花を選んでくれていたと知り、とても嬉しかったから。

「明花が桜羽グループの名を汚す？　意味がわからない。そんな馬鹿げた話があるか」

貴俊は珍しく声を荒らげたあと、明花の肩を引き寄せた。

「明花は、そんな声に耳を傾ける必要はない。大丈夫だから不安になるな。なにも心配しなくていい」

優しい声色で明花のこめかみにキスをする。

「俺は明花を手放すつもりもなければ、離婚するつもりもない」

彼の力強い言葉ひとつで、ついさっきまで揺らいでいた気持ちが落ち着きを取り戻していくのがわかる。貴俊の存在はとても偉大だ。

だからこそ、一度きちんと照美と佳乃に向き合わなくてはならないとも思う。このまま貴俊に守られ、逃げたままでいるのは違う気がしていた。

「ごめんなさい」

「なぜ謝る」

「そう言ってほしくて落ち込んだふりをしました」

そんな冗談を言えるのだから、回復度合いは上々だ。

「こらこら」

貴俊は、頭をコツンと軽く小突く手までもぬくもりを感じさせる。

「とか言いつつ、強がりなのは知ってる。これまでもそうやって我慢してきたんだろうな」

簡単に明花の心の動きを読んでしまうから怖い。

「貴俊さんはどうしてそんなに優しいんですか？」

その優しさは明花が申し訳なくなるほど。出会ってからこれまで、どれだけ救われたかわからない。

「それは明花にだけ」

「私限定なんて……どうしたらいいですか」

もったいないし恐れ多い。

「どうもこうもないだろ。これまで大事にされなかった分、俺が明花をべたべたに甘やかしてやるから」

貴俊は明花の顔を覗き込むようにした。

なんと返したらいいのかわからず、どぎまぎしながら目線を外して俯く。

（貴俊さんみたいに気の利いたことを言いたいのに）

彼の視線を感じる頬がやけに熱い。

「明花？　聞いてる？」

「は、はい、聞いてます。……けど、そろそろご飯を」

「その前に」

気恥ずかしいため話を逸らしてしまおうとソファから立ち上がりかけたが、貴俊に引き留められた。

「きゃっ」

手首を掴まれて引っ張られ、体勢を崩して彼の膝の上に横向きで座る。

「ただいまのキスがまだだ」

「そんな習慣はありませんが」

明花は大真面目に返すが……。

「それじゃ、たった今から」

「今か――んんっ」

有無を言わさず唇が重なった。

貴俊のキスはとても危険だ。ひとたび触れてしまうと離れ難くなる。

唇のふわふわした感触を確かめるように、互いに優しく食むのが心地いい。舌を交わらせる官能的なキスは体を疼かせるが、こうして唇を触れ合わせるだけのキスは心がほわんとあたたかくなる。

照美と佳乃の訪問で翳った気持ちは、貴俊の言葉でバランスを取り戻し、交わす口づけで完全に癒されていく。

怖いものはなにもない。

そう思えるから不思議だ。

思い違いか錯覚か、遠い昔にもこうしてあたたかな想いに包まれた体験をしたような気がした。

夢心地で陶酔していると、不意にキスが解けた。

「これ以上続けていると、キスだけじゃ済まなくなる」

明花の唇を拭った親指を自分の唇に押しあて、貴俊が微笑む。故意か過失か、ゆっくり瞬きをした目が艶っぽい。

「またあとにしましょう」

このまま甘いムードに流されるのが恥ずかしくて探した言葉は、逆に誘っているようになってしまった。

「明花の誘惑ならいつでも歓迎」

「あ、あのっ、そんなつもりじゃ……っ。ご飯が冷めちゃうので食べないといけないって思って」

「そうだな。早いところ明花のおいしい手料理を食べて、おいしい明花をいただこう」

チュッと音を立てて明花の手の甲にキスをし、貴俊はソファから立ち上がった。


照美と佳乃の訪問から三日が経った。

貴俊との離婚をしつこく迫られるだろうと身構えていたが、今のところ何事もなく過ぎているのが少し不気味でもある。

(もしかしたら私がはっきり断ったから、諦めてくれたのかな。さすがに離婚を強要なんておかしいものね)

今まで明花は絶対に逆らわなかったため、反論されて正気を取り戻したのかもしれない。これまでの仕打ちを考えたら超がつくほど希望的観測だとわかっていても、そう思いたかった。

「ただいま戻りました」

その日、明花がお客様を内覧に案内してから片野不動産に戻ると、事務所内の雰囲気がどことなくいつもと違っていた。

幼い頃から空気を読まずには生きてこられなかったため、些細な変化に敏感になる。

「……明花さんっ」

「お、おかえり」

背を向けていた万智と隆子が焦った様子で振り返る。手元で紙をくしゃっと丸める音がした。

場の流れが歪むような、異空間に足を踏み入れてしまったような、居心地の悪さを感じて胸がざわりと波立つ。これまで何度も味わったことのある感覚だ。

「……どうか、しましたか？」

ふたりと距離を保ったまま足を止めた。

なにが起こっているのか予想はつくが、気づかないふりをする。この期に及んで、勘違いであってほしいと願うのは、この場所を失いたくないから。

隆子と万智は一瞬だけ目を合わせ、すぐにさっと外した。

「あぁ、ううん、なんでもないのよ」

いたずらが見つかった子どものように、丸めた紙を隆子が後ろ手に隠す。〝まずい〟という表情で明花の予想が的中していると悟った。

たぶん、明花はここにはいないほうがいい。これまでの経験がそう思わせる。

「少し早いですが、先にお昼を食べてきますね」

できるだけ笑顔で言ったが、彼女たちの顔は見られなかった。

事務所を出て、やみくもに歩きだす。朝作ったお弁当を持参していたが、持ち出す余裕はなかった。

今にも雨が降り出しそうな重い雲が垂れこめている。傘も持っていたが、事務所に置き去りだ。

片野不動産で働きはじめて間もなく、再就職先を突き止めた照美と佳乃の嫌がらせは例に漏れずあった。明花を誹謗したＦＡＸやメール、クチコミサイトへの悪意ある書き込みなど、内容や手口がこれまでと同じ。

そのときは社長をはじめとした三人とも、こんなの気にしないでいいと全然取り合わなかったため、明花も辞めずに済んだ。

比較的規模の大きな企業で働いていたときは、会社の評判や社内の雰囲気が悪化するからと人事部にそれとなく退職を促されたものだった。

片野不動産のようなアットホームな会社だからこそ続けてこられたのだろうが、さすがに今回はダメなのかもしれない。

おそらく〝義姉の婚約者を奪った〟といった内容が書かれていたのだろう。やっぱり愛人の子ども、人のものを奪うのだと思われたに違いない。

このままおとなしく引き下がってくれるのではと期待したのは甘かったようだ。

深く大きなため息が漏れた。

「お昼ご飯、どこで食べよう」

すっかり食欲は失せたが、こういうときこそ食べたほうがいい。

(せっかくだから、めったに入らないようなおしゃれなお店にしようかな。次の就職先も見つけないと)

以前の明花だったら、なにも食べずにいただろう。前向きになれるのは貴俊のおかげだ。

どこにしようかと見渡しながら歩いていた明花は、ある店の前で足を止めた。

森の中に佇む、外国のホテルのようなレンガ造りがとても素敵である。入口のそばに立てかけられた黒板にカフェメニューが紹介されていた。

〝当店一番の人気メニューはクリームブリュレパンケーキ。おいしい紅茶といっしょにどうぞ〟

ポップな手書きの文字に誘われる。

「ここにしよう」

明花が店のドアに手をかけたそのとき――。

「明花さん！　待って待って！」

唐突に名前を呼ばれて足を止める。振り返ると手を大きく振りながら走ってくる人がいた。金髪の髪がふわふわ弾む。

「万智ちゃん……？」

いったいどうしてと思考がバグる。

万智は、わざわざ追いかけてまで人を罵るような女性ではない。

「よかっ……た……。見つけ、たっ」

息を切らせてやって来た万智は、明花の目の前で肩を大きく弾ませた。

「どうしたの？」

「明花さんを誤解させちゃったかと思って」

「誤解？」

話の流れが掴めず首を傾げると、万智は明花の代わりに店のドアを開けた。

「とにかく中に入りませんか？　私、走ってきたのでお腹ペコペコです」

「う、うん」

半ば強引に一緒に入店する。

グリーンを基調にした爽やかな店内は、お昼時を前にしてすでに混み合っていた。

赤と白のコンビネーションの椅子がかわいい。

明花たちは通りに面した窓際の席に案内された。

メニューを見た万智が即決する。

「私はこれにします」

彼女が指を差したのは、黒板で紹介されていた一番の人気メニューだった。

「私もそれにしようかな」

「じゃあオーダーしますね。すみませーん」

万智が手を上げてスタッフを呼ぶ。オーガニックのアッサムティーもふたり分注文した。

走って喉が渇いていたのか、出された水を一気に飲み干してから万智が唐突に謝る。

「明花さん、ごめんなさい。さっき私たち嫌な感じでしたよね？」

「ううん。なんとなく想像はつくから」

嫌な感じを受けたのは万智たちのせいではない。

「え？　想像？」

「私を誹謗中傷するものが届いたんじゃないかなって」

「……じつはそうなんです。今回はＦＡＸやメールだけじゃなく、外の壁に張り紙が何枚も」

「張り紙？」

　ＦＡＸやメールでは埒が明かないと思ったのかもしれない。ふたりは手段を変え、もっと卑劣な手に打って出た。

「隆子さんと、どうしようかって言ってて」

　つい先ほどスタッフを呼んだ声と同じ人とは思えないほど、万智は声のトーンを落とした。

「義姉の婚約者を奪ったって書かれた？」

　万智が目を真ん丸にする。やはり当たったようだ。

「ごめんね、ふたりを嫌な気持ちにさせて。私、辞めようと思ってるの」

「ちょっ、なにを言ってるんですか！」

　声を荒らげた万智に店内の視線が集中する。それでも万智はかまわずに続けた。

「どうして明花さんが辞める話になるんですか！　そんな必要ありませんから！」

「だけどさっき……」

　隆子と万智は、いかにも明花への対応に困っている様子だった。

「誤解なんです。隆子さんと、これは明花さんには見せないほうがいいねって話しているところだったんです。そこへ明花さんが帰ってきたから焦ってあんな反応になっちゃって。このままだと明花さんが誤解するだろうから、やっぱり本当のことを話そうって隆子さんと相談して決めて、それで明花さんを追いかけてきたんです。ぐずぐずしてたから、もう少しで見失うところでした」

想像とはまるで逆。今度は明花が目を丸くする番だった。

「明花さんは人のものを奪うような人じゃないって、私も隆子さんも知っていますから。もちろん社長も。だから前に同じようなことがあったときも無視し続けたんですよ？　義母だか義姉だか知りませんけど、人間性がおかしいのは自分たちだってどうして気づかないんでしょう」

万智は憤懣《ふんまん》やるせないといった感じに鼻息荒く、テーブルを拳でトンと叩いた。再び店内の注目を浴びてもなんのその、「本当にムカつく」と眉根をぐっと寄せ、眉尻を吊り上げる。

今まで同じようなことが起こるたび、明花は腫れ物扱いだった。遠巻きに眺めるだけで、誰も触れてこようとはしない。

それなのにここには明花のために、こんなにも怒ってくれる人がいる。貴俊だけではない。明花を信じてくれる人がここにもいた。

「……ありがとう、万智ちゃん」

胸が詰まり、目の奥がジンと熱い。

「お礼なんてやめてくださいよっ。とにかく明花さんはなにも悪いことはしていませんから、辞めるなんて言わないでください」

「うん……。だけど一度、義母たちに会って、こんなことはやめてほしいって言ってみようと思うの」

このまま黙っていたら、今までと同じだ。勇気を出して、さらに一歩踏みだすべきなのではないか。

しかし万智はすぐに引き留める。

「下手に刺激しないほうがいいかもしれません。無視していたらそのうち諦めると思うんです」

「そう、かな……」

不安は簡単に拭えないが、万智の言うことも一理ある。明花が反論すれば、面白がって一段と騒ぎ立てるかもしれない。マンションに押しかけてきたときもそうだった。ふたりの凄まじい怒りを思い返して身震いする。

「明花さんには旦那様だけじゃなく、私や隆子さん、社長もついています。嫌がらせなんて、べつになんとも思いませんから」

心強い言葉に励まされ、気持ちが軽くなっていく。

(そうよね。思い通りにならないとわかればきっと……)

これまで勤めてきた会社のようにはいかず、全面的に明花の味方だと知れば、照美たちも手を引く以外になくなるだろう。

「お待たせいたしました。クリームブリュレパンケーキとアッサムティーです」

「わぁ、おいしそう！」

スタッフがふたりの前にパンケーキと紅茶を並べる。表面をキャラメリゼしたパンケーキの周りにはベリーソースがたっぷり添えられていた。店同様におしゃれだ。

「明花さん、素敵なお店を知ってるんですね」

「ううん、私もたまたま通りがかっただけなの」

「なんだぁ、そうなんですね。てっきり旦那様と一緒に来たのかと思いました。今度、隆子さんも連れてきてあげましょ」

「そうね」

万智と笑い合う。

(事務所に帰ったら、隆子さんにもきちんとお礼を言おう。改めて、またよろしくお願いしますって伝えなきゃ)

ナイフで切り分けたパンケーキを頬張る。

「んん〜っ、ふわっふわでおいしい」

「カリッとしている表面とのギャップもいいわね」

「はいはい、さすが一番人気だけあります。アッサムティーもコク深くていいお味です。生きててよかった〜って感じ」

大袈裟な感想に思わず笑みが零れた。

最高のパンケーキと紅茶を堪能して店を出ると、水分を抱えきれなくなった雲からパラパラと雨が降りはじめていた。

「あちゃー、傘持ってくるの忘れちゃった」

「向かいにコンビニがあるから、私買ってくるわ」

道路を挟んで向かいにあるコンビニを指差した明花の人差し指を、万智がそっと下ろさせる。

「いえいえ、そんなのもったいないですよ。このくらいの雨なら平気。避けて走りましょ」

「えっ？　避けるって雨を？」

万智の発言に面食らう。

「そうです。はい、じゃあ行きますよー。明花さん、走って！」

万智に手を引かれ、カフェの軒先から一緒に駆けだした。

「ちょっと待って、嘘でしょう⁉」

染みを作りはじめた歩道のアスファルトを蹴り、右に左に引っ張られる。まさに雨を避けている感じだ。

当然ながら避けられるはずはなく、頭にも肩にも容赦なくポツポツ浴びるのに、なぜだろう、ものすごく楽しい。

きっと大丈夫。不思議とそう思えた。

「万智ちゃん、待って！」

「待てないですよ、濡れちゃいますもん。ほら、走って走って！　キャハハハ」

すれ違う人たちが呆気にとられる中、明花たちは笑い声をあげながら走った。もちろん雨を避けながら――。


翌日、明花は気分も新たに出勤した。失いそうになった居場所を保持できたのはとても大きい。

昨日はお昼から戻ったあと、社長と隆子にも照美と佳乃の嫌がらせは無視していこと激励された。隣に貴俊がいて、この場所さえあれば、明花はいくらだって我慢できる。

「本日は本当にありがとうございました」

成約したお客様を見送り、契約書をファイルに綴じてカウンターを整理しはじめる。

（そろそろこの中も入れ替えしておかなきゃ）

扉を開いたキャビネットの中は、ファイルがぎっしり詰まっている。古い年度のものは事務所の奥に下げようと考えたそのとき。

「やだ、なにこれ」

デスクでパソコンを開いていた万智が不審そうに呟いた。

「万智ちゃん、どうかした？」

「低評価のクチコミが一気に五件もついてるんです」

彼女のもとへ行き、画面を覗き込む。表示されていたのは不動産屋のクチコミが書かれたサイトだった。

万智の言うように星がひとつだけついたものが立て続けに五件書き込まれている。どれも昨夜の日付だ。

「〝接客が最悪〟ってなんで？　そんなひどい対応なんてしてないのに」

万智が不満をあらわにする。

「そうよね。どうしてそんな……」

素晴らしい応対と胸は張れなくても、クチコミに書かれているような接客はしていない。万智も明花も、いつも笑顔を心掛けているし、言葉遣いも気をつけている。言いがかりもいいところだ。

ほかにも〝案内されるのはボロアパートばかり〟〝ぼったくり商売をしている〟など、どれも身に覚えのないものだった。

嫌な予感が胸をかすめる。

「もしかしたら、あのふたりが――」

「違いますよ」

明花の言葉に被せるようにして否定した万智が続ける。

「きっと荒らしの仕業です。だから明花さんは気にしないでください。とりあえずサイトの運営会社に削除を依頼してみます」

「……そうね、お願い」

「もうっ、クチコミを荒らすなんて許さないんだから」

万智はキーボードを叩きながら怒りを滲ませた。

(本当にそうなのかな……。これまでのやり方じゃ効果がないから、手段を変えたってことはない？)

本当は万智もそう感じているが、明花を守ろうと荒らしのせいにしている気がしてならない。昨日の今日だから余計だ。

思い過ごしであってほしいと願いつつ、その日の仕事を終えたが、翌日には悪い予感が正しいほうに傾いた。ウェブサイトへの書き込みがエスカレートしはじめたのだ。

〝悪徳不動産〟〝詐欺まがいの商法〟と書かれた数日後には、明花を指したと思われるクチコミが登場する。

〝人のものを盗む女を雇う、愚かな不動産屋〟〝社長も略奪女の餌食〟など、いかにも照美たちが書きそうな内容だった。

削除依頼ではとても追いつかないスピードで書き込まれていくため、ひどいクチコミだけで数ページにも及んでしまう。

明花個人を攻撃するだけでなく、片野不動産や社長まで巻き込んだ書き込みは、悪意と憎しみに満ちていた。

明花が離婚せず仕事も支障なく続けていれば、照美も佳乃も諦めざるを得ないだろうと期待したのは甘かったのだ。

「明花さん、こんなの気にしなくていいですよ」

「そうよ、明花ちゃん。好きに書かせておけばいいの」

「そのうち飽きるだろうよ」

万智はもちろん、隆子や社長の富一も明花を庇うが、事はさらに大きくなっていく。

今度は片野不動産に対する中傷がＳＮＳで拡散され、事務所に苦情の電話が殺到しはじめた。

真偽を確かめる内容はもちろん、信用できない不動産屋の仲介では住みたくないから引っ越し代を払えという理不尽なものまであった。

営業もままならず、二本ある回線は常に使用中。切っても切っても呼び出し音が鳴り止まないため、やむを得ず電話のモジュラージャックを差し込み口から引き抜いた。

事務所内が嘘みたいに静かになる。

万智の深いため息が、対応の熾烈さを物語っていた。

「本当に申し訳ありません！」

明花は下げた頭を戻せなくなる。今度は片野不動産まで標的になってしまった。

（私だけならまだしも……）

自分にだけ向けられた言葉の刃なら明花は我慢できるが、ほかの人たちを巻き込むのはあんまりだ。

「明花ちゃん、頭を上げて」

隆子が明花の背中をそっとさする。やわらかな手から伝わるぬくもりが、胸を強く締めつけた。

大切な人たちが傷つけられているのに、このまま手をこまねいてはいられない。

「……すみません。今日は仕事をあがってもいいでしょうか」

ゆっくり顔を上げ、社長にお伺いを立てる。ひっきりなしに鳴る電話への対応で、時刻は五時を回っていた。退勤時刻まではまだあるが、明花にはどうしても行かなければならない場所がある。

「もちろんだよ。隆子も万智ちゃんも疲れただろうから、今日は早じまいとしようか」

「そうね、そうしましょう」

富一に隆子も同調し、その日は営業を終了することとなった。

「それでは、お先に失礼します」

ひと足先に外へ出ると、すぐに万智が追いかけてきた。

「明花さん、もしかして義理のお母さんのところに行こうとか考えてません？」

「えっ……」

ドキッとしたが、急いで取り繕う。

「ううん、家に帰るわ」

「本当ですか？」

万智が執拗に問い詰めるのは、明花を心配しているからだと知っている。ひとりで乗り込むんじゃないかと察したからだ。

「うん。今日は本当にごめんね」

謝る以外の言葉は見つからない。

「何度も言いますけど、明花さんが謝る必要はありませんから。だから本当に気にしないでください」

「ありがとう」

握られた手を握り返して微笑みかける。明花は万智に見送られて、足を踏み出した。

向かうは明花の実家。雪平家である。

薄く広がったグレーの雲のせいか、空はまるで明花の心を表しているよう。

貴俊に連絡をしておこうといったんはスマートフォンを取り出したが、考えなおしてバッグに戻す。貴俊はこれまでにも増して仕事が忙しいようで、最近は残業続き。

そんな彼に今は余計な負担をかけたくなかった。

正直に言えば、ひとりきりでふたりと対面するのは怖い。でも明花は当事者である。大切な人たちが傷つけられ迷惑をかけているのに、弱気な姿勢でいるのも黙って守られているのも違うと思った。

明花が自ら動かなければ、いけない状況なのだ。

雪平の家に到着し、深く息を吸って吐く。

(大丈夫。もう以前の私とは違うんだから)

心の中で念じ、インターフォンを押す。応答した家政婦に取り次ぎを頼み、リビングへ案内された。

秋人は仕事で不在のようだ。父を巻き込みたくないため、ほっとする。

所在なくソファの脇に立っていると、ドアが乱暴に開けられた。明花に向けられた目に憎悪が込められる。

「ちょっと、ここへなにをしに来たの?」

佳乃が開口一番、あらわにした不快感。最初からトップギアに入った詰問に、明花は強く保っていたはずの心が怯んだ。

「落ち着きなさい、佳乃。きっと朗報を運んできたのよ」

続いて現れた照美が、宥め口調で口角をぐっと上げて微笑む。悪だくみをするみたいに、とても嫌な笑みだ。

「ね？　そうでしょう？　明花」

「なに、そうならそうと早く言いなさいよ」

佳乃が嬉々として目を輝かせるが、明花は顎を引いてふたりを見た。

「そんな話をするためにここへ来たんじゃありません」

「はあ？　じゃ、なにしに来たっていうの」

「ほんとよ。なんの用なの？」

揃って顔をしかめ、ふたりが明花を睨みつける。声は地を這うように低い。

だからといって尻込みするわけにはいかず、明花は口を開いた。

「あのようなクチコミはやめてください」

震える声を押し出す。

「クチコミ？　なにそれ、なんの話？」

「そんなの知らないわよ」

「不動産サイトへの書き込みです。私だけじゃなく片野不動産を中傷するなんて」

ふたりはとぼけるが、ほかにあのような書き込みをする人間は絶対にいない。

「なんのことか知らないけど、事実だから書かれたんじゃないの？」

「違います！」

つい声を荒らげる。謂れのない、事実無根の書き込みだ。

珍しく強い口調で抗議する明花を見て、ふたりが鼻を鳴らす。

「私たちが書いたなんて言いがかりもいいところよ。だいたい証拠はあるの？　あるなら見せなさいよ」

「証拠なんて……。でも——」

「話にもならないわね。明花みたいな卑しい女が働いているから評判が下がるんじゃないの？　あそこを辞めて離婚でもすれば収まるんじゃない？」

「そんな……」

いくら事実を突きつけても、ふたりは知らぬ存ぜぬを貫き通すばかり。一向に話が進まず途方に暮れたそのとき。

「奥様、お客様がお見えです」

ノックのあとに開いたドアから家政婦が顔を覗かせた。

「お客様？　今それどころじゃないの。あとにしてちょうだい」

照美に乱暴口調で言われた家政婦は、すごすごとドアを閉めて下がった。

「とにかく、クチコミだかなんだか知らないけど、そんな話をするだけならとっとと帰りなさい」

「お母さんの言う通りよ。今度ここへ来るときは、離婚を手土産にすることね」

照美と佳乃が語気を荒げるが、ここで引き下がるわけにはいかない。明花にも守るべきものがあるのだから。

なんとか気持ちを立てなおして口を開きかけると、ドアの隙間から家政婦が申し訳なさそうに顔を覗かせた。

「あの、どうしてもと……」

「だから、あとにしてって言ってるでしょう⁉　何度言えばわかるの⁉」

イライラを募らせた照美の怒りが爆発する。これまでになく声のトーンが上がった。

「も、申し訳ありません。ですが……」

肩をビクッと揺らし、家政婦が目を泳がせる。そのとき、彼女の背後から思いも寄らない人が現れた。

「お忙しいところ申し訳ありませんね。妻を迎えに来たので、ご挨拶がてら上がらせていただきました」

貴俊だったのだ。

（どうしてここへ……？）

明花はなにがなんだかわからず、言葉も発せない。激しく瞬きをして彼を見つめた。

「ちょっ、やだ……！」

ボソッと言いながら、佳乃が長い髪を手なおしする。

「あ、あのっ、明花の義姉の佳乃です。初めまして」

いきなり高くなった声で「きゃっ、実物のほうがずっといいっ」と浮かれた。

「義理の母です」

テンションを上げる佳乃に続き、照美は洋服の乱れをさっと整えて両手を前で揃える。ふたりとも完全によそ行きモードだ。切り替えの速さに明花は舌を巻く。先ほどまでの怒りはどこへ行ったのか。

貴俊は明花の隣に立ち、照美と佳乃を見据えた。

「桜羽です。大切なお嬢さんと結婚したにもかかわらず、ご挨拶が遅れ申し訳ありません」

〝大切な〟を強調して挨拶する貴俊の声は、ふたりとは対照的に冷ややかである。

「いいえっ、とんでもないです」

「私こそ、お見合いに出向かず失礼しました」

佳乃は体をくねらせ胸の前で手を振るが、貴俊は訝しげに目を細めて首を傾げる。

「桜羽さんは私とのお見合いを望んでいらしたのに、父が勝手に明花を」

照美と〝ね？〟と目を合わせ、懸命に笑みを浮かべた。

「私があなたとのお見合いを望んだ？」

「ええ。桜羽さんもご存じでしょうが、お恥ずかしい話、明花は父が愛人に産ませた子どもですし。本来であれば長女である私があなたに嫁ぐのが筋。ちょっとした行き違いがあって、あの日、父が明花をお見合いの席に連れて行ってしまったんです」

佳乃が明花をチラッと横目で見る。愛人のくだりは口元に手をあてて声をひそめた。しかしその顔は喜びに満ちている。

貴俊と偶然会えた歓喜と、彼女にとっての真実を彼に話せた解放感のせいだろう。そしてなにより、彼の前で明花を貶める快感が彼女を饒舌にさせる。照美も佳乃に同調して大きく頷いた。

貴俊からさらに冷然とした気配が漂ってくる。明花にはそれが痛いほどに伝わってくるのに、ふたりは全然気づかず、さらに続けた。

「桜羽さんは明花でよろしいんですか？　先日、明花にもお話ししたんです。桜羽ホールディングスのためにも身を引いたほうがいいって。だって愛人の子なんですもの、日本を代表する大企業の妻の名にふさわしくありませんから」

佳乃はここぞとばかりに自分の考えを披露した。

今まで外では〝心優しい姉〟気取りだったが、昔から憎んで止まない明花を人前で罵った気持ちよさを知ったのか、その顔は晴れ晴れとしている。普通の人間には考えられない大立ち回りは、ミュージカル女優さながらだ。

「単刀直入に言わせていただきます。明花とは離婚して、佳乃との結婚を考えていただけませんか？　愛人の子では、やはり世間の目というものがございますし」

「揃いも揃っていい加減にしてもらえませんか」

喜び勇んで佳乃を推薦してきた照美を、貴俊が低い声で制す。その言葉と声は、明花も聞いたことがないほど威圧的だった。

部屋の空気がピンと張り詰める。

「……あ、あの、私たちは会社のためを思って」

さすがに照美と佳乃も貴俊の冷ややかな反応に気づいたようだ。先ほどまでの勢いはどうしたのか、急に及び腰になる。

「あなた方に心配していただく義理も必要もありません。ありがた迷惑と言っていい。愛人の子に産まれたのは明花の責任ですか？　むしろ明花は被害者です」

「ひ、被害者だなんて。それを言うなら私たちのほうです。夫に愛人を作られ、その子どもの認知を許して、大学を出るまで面倒を見てきたんですから」

「生活費は仕方なくとも、生活面の面倒を見てきたのは明花のほうじゃありませんか。家事のいっさいを彼女ひとりに押しつけ、日も当たらない狭い部屋に閉じ込めていたそうですね」

(どうして貴俊さんがその話を知ってるの?)

思い出すのも苦い過去はいっさい話していない。貴俊に憐れだと思われたくなかったから。

照美と佳乃の目が揺らぐ。顔に〝まずい〟と書いてあるような表情だ。

しかし、すぐに立てなおし、佳乃がはぐらかす。

「きっと明花がそう言ったんですよね？　そんなの作り話ですから」

刺すような視線が明花に飛んできた。なにをチクってくれたんだと、その目が言っている。

邪悪なものから守るかのように、貴俊は明花を自分の背に庇った。

「明花は告げ口のような真似はしません。今の話は調査で知った事実です」

「ちょ、調査?」

ふたりは目を丸くして貴俊を凝視する。

明花も初耳だ。

「あなた方が明花にしてきたひどい仕打ちは、すべて知っている。どれもこれも筆舌に尽くしがたいのもばかりだ。義理とはいえ娘であり、妹である彼女によくもそこまで……」

貴俊は握りしめた拳を震わせた。

冷静に話しているように見えたが、とうとう丁寧口調が崩れた。その奥には今にも頂点に達しそうな怒りを感じる。

「自由も幸せも、さんざん明花から奪ってきて、今度は離婚しろと？　正気の沙汰とはとても思えない。そもそも私が婚姻を望んだのは、佳乃さん、あなたではなく最初から明花だ」

「そっ、そんな……」

佳乃の顔が驚きに歪んだ。

明花もこのまま黙っていたくはない。守られているだけの女にはなりたくないのだ。

クチコミをやめるよう進言したみたいに、自分の気持ちをしっかり告げたかった。

「お義母様、お義姉様、先日も言いましたが私は貴俊さんとは離婚しません。貴俊さんを愛しているんです。たとえお義姉様であっても、貴俊さんだけは譲れません」

今までどれだけのものを取り上げられてきただろう。

(でも貴俊さんとこの先の人生をずっと一緒にいられるのなら、すべてチャラにしてもいい。貴俊さんだけは絶対に離したくないし、離さない)

なにかにこれほど執着したのは初めてだった。

貴俊が明花の手を取り握りしめる。よく言ったと褒められた気がした。

「……明花のくせに」

憎々しくボソッと呟いた佳乃の言葉を、貴俊は聞き逃さなかった。

「〝いくら御曹司だからって、メディアに顔も出せないような不細工な男との結婚なんて無理〟とさんざん吹聴していたそうだな。人を外見や境遇でしか判断できない、貧弱な脳の持ち主だ。憐れとしか言いようがない」

「なっ……」

貴俊への侮辱も知られ、照美も佳乃も言葉も失う。

「結婚してから明花への無礼がなくなればそれで許してやってもいいと思っていたが、そうもいかない。大切な私の妻を侮辱した罪は重いと認識すべきだ」

貴俊は手にしていたブリーフケースからクリアファイルを取り出し、ふたりに突き出した。

照美は恐る恐るファイルを手に取り遠目にして見ていたが、唐突に食い入るように読みはじめる。

「――退任？」

「ちょっとなに？」

横から佳乃が覗き込む。

「〝取締役退任の通達〟……って、なにこれ」

佳乃がファイルを手にして目を真ん丸にした。

（退任？　お義母様が取締役じゃなくなったの？）

明花にも事態が把握しきれず、貴俊の横顔を見上げる。

「そのままの意味ですよ。取締役の任期は二年。あなたは任期を終え、自動的に退任となった。ちょうど今日の午後、手続きは完了。もちろん雪平秋人氏も了承の上です」

「そんなっ、なにを勝手に」

「親会社である我々、桜羽ホールディングスの判断です。職務の怠慢、資金の私的流用など、挙げれば枚挙にいとまがない」

貴俊はさらに別のクリアファイルを取り出した。

おそらくそこには照美の犯してきた罪が書かれているのだろう。みるみるうちに顔が青ざめていく。

桜羽ホールディングスの支援が決まり、会計監査が入るかもしれないと父が言ったとき、照美が焦ったのはこのせいだったのだろう。

「私的流量⁉　ちょっとお母さん、五千万ってなにしてるのよ！」

「なにって、ちょっと借りただけじゃない。あとで返そうと思っていたのよ！」

「そんな大金、どうやって返すのよ！」

「お店の売上でなんとでもなるわよ」

ついにふたりは言い合いをはじめてしまった。

（お店って、レストランのこと？）

照美が雪平ハウジングから得た役員報酬でレストランをオープンさせたのは父から聞いていたが、明花は詳細を知らない。

「それは無理な話でしょうね」

貴俊が冷静に返す。

「その店のスタッフは全員、私が引き抜きましたから」

「……え？」

言い争いをぴたりと止めたふたりが、瞬きも忘れて貴俊を見た。

「ちょうどレストランの開業を控えていたので、みなさんにそちらで働いていただきます。一人ひとりと面談も済ませ、快く応じていただいています。こちらよりいい給料を提示したので、誰ひとり残らないでしょうね。募集する手間が省けて助かりましたよ」

「ちょっとあなた、自分がなにをしているかわかってる?」

それまで貴俊に媚を売っていた照美が、態度を一変させる。ようやく自分の状況のまずさに気づいたらしい。

「これまであなた方が明花にしてきたように、あなたのものを奪っただけ。因果応報。罪の重さを存分に味わうといい」

貴俊は気圧されるほど冷たい声で、容赦のない言葉を浴びせた。

それは隣にいる明花でも震えを覚えるほどの迫力だった。

「そんな……」

照美がその場に膝から崩れ落ちる。視線は宙を彷徨い、酸素を求めるよう口をパクパク開いた顔はとても憐れだった。

「あぁ、それから、名誉棄損の訴えを起こしていますので、裁判所から書面が届くと思います」

やけに丁寧な口調が、かえって冷ややかだ。

「訴訟⁉」

「名誉棄損ってなに」

照美と佳乃の声が裏返る。

「明花や片野不動産を誹謗中傷したのを忘れたと？　片野不動産へのメールや張り紙、クチコミサイトへの書き込み、ＳＮＳでの拡散だ。記憶力が危ういとは、つくづく憐れとしか言いようがない」

その言葉には明花自身も驚いた。忙しい貴俊に心労はかけられないと黙っていたが、すべて把握していたようだ。

「し、知らないわ、そんなの」

「言い逃れは無駄だ。証拠はすべて揃えてある」

貴俊はさらにべつのファイルを彼女たちに見せた。

それを覗き込もうとした明花を貴俊が止める。

おそらくそこには明花を罵倒した言葉が並んでいるのだろう。明花には改めてそれを見せたくないという彼の優しさだ。

照美と佳乃は書面を奪い取り、形相を変えて見入った。

「今後、明花を貶めるような真似をしたら、この程度では済まされないと覚えておくといい。次は容赦なしだ」

貴俊の横顔に鮮烈な怒りが滲む。棘のある声は、目の前のふたりを震え上がらせた。

「お母さん、私たちこれからどうするのよ！」

照美の肩を揺らす佳乃の声が部屋に響き渡る中、貴俊は「行こう」と放心状態の明花の背中をそっと押して促した。

家の前に止められていた貴俊の車に乗り込む。

「なにがなんだかわからないんですが、貴俊さんはどうしてここへ？」

エンジンをかけ、ハンドルに手を置いた彼を見た。

明花は、実家へ向かうと貴俊に報告していない。

「キミの同僚の万智さんから会社に連絡をもらったんだ」

「万智ちゃんから？」

「明花が危険な目に遭うかもしれないから、すぐに向かってほしいとね。明花になにかあったらと気が気じゃなかった」

万智に問われたときは否定したが、明花が実家に向かうのはわかっていたようだ。

（私に気づかれないように根回しをしてくれたなんて）

勢いに任せて実家に乗り込んだが、明花ひとりでは返り討ちに遭うだけだったろう。

「心根が優しい子だな」

万智に対して、明花と同じように貴俊にも感じてもらえるのが嬉しい。

「はい、万智ちゃんは本当に素敵な子で。私をものすごく気遣って励ましてくれたんです」

片野不動産で働けて、つくづくよかったと思う。

「貴俊さんもずっと忙しくしていたのに、来てくださってありがとうございました」

「明花のピンチに駆けつけるのはあたり前だ。タイミングよくカタがついたからちょうどよかった」

（……カタ？）

貴俊の言葉がなんとなく引っかかる。

「もしかして、忙しかったのは義母たちのことを調べていたからですか？」

先ほど次々と出てきた報告書を思い返す。クチコミサイトの運営会社に開示請求をするなど、大変な手間だったに違いない。

「明花はなにも心配もいらないと言っただろう？」

有言実行。できる男とは、彼のような人を言うのだろう。

「本当にありがとうございます」

「明花を侮辱されたままで終わらせるつもりはなかった。天誅を下さなきゃ、俺の気持ちが収まらない」

「まさか会社のお金を使っていたなんて」

資金流用を知った秋人も、さぞかしショックだったろう。今まで後ろめたさがあったため、わがままはなんでも聞いてきたのだろうが、さすがに今回は許せなかったに違いない。

だから任期満了での退任を承認したのだろうから。

「不愉快極まりなかったが、明花から愛の言葉を聞けたから最高の気分だ」

「……恥ずかしい」

今それを持ち出されると照れくさくてたまらない。

「俺は嬉しいけど」

貴俊が微笑みながら明花の手に自分の手を重ねる。あたたかくてほっとした。

「疲れていなければ外食して帰ろう。いい店がある」

意味深に微笑んだ貴俊は、車を発進させた。

いつの間にか降りだした雨が、フロントガラスでワイパーに絡めとられていく。

明花をがんじがらめにしていたふたりから解放され、心は空模様とは対照的に晴れ晴れとしていた。

車は快調にケヤキ並木を抜けていく。世界のブランドショップが軒を連ねる、洗練された街並みは雨に濡れても美しい。

しばらくすると、貴俊はアールデコ調の建物の前でスピードを落とした。裏にある駐車場に車を止め、再び相合傘で店の入口を目指す。ドアを開けて中に入ると、出迎えた黒服の男性スタッフは貴俊の顔を見てハッとしたようにした。よく使う店なのか、顔を認識しているみたいだ。

「いらっしゃいませ。お待ちしておりました」

男性は居住まいを正し、恭しく頭を下げた。

予約も済ませていたらしく、明花たちは個室に案内された。

ドアがないため半個室のような造りは、閉塞感がなくていい。明るさを抑えた店内には西洋の美術工芸品が飾られ、気品溢れる空間だ。とても静かで息をひそめたくなる。個室には小さいながらもカウンターがあった。

「今夜は極上の串揚げを食べよう」

貴俊によれば、厳しく管理された牧場で飼育された最高ランクの神戸牛やオーガニック野菜を揚げて食べさせてくれるのだとか。ひまわり油を一〇〇％使用しているためヘルシーだというから嬉しい。

貴俊と並んで座ってすぐ、グラスにノンアルコールのスパークリングワインが注がれる。乾杯して喉を潤していると、背高コック帽のシェフが現れた。

「本日の調理は私が担当させていただきます」

「よろしくお願いします」

貴俊と揃って頭を下げる。挨拶のあと、シェフは食材の中からナスを選んだ。

包丁で切り分けて串に刺し、衣をつけて熱した油に投入。ジュワッという音のあとパチパチという軽い音に切り替わり、手早く引き上げる。

「加茂ナスの串揚げでございます。お好みでお手元の岩塩をどうぞ」

出されたナスは皮目には衣がついておらず、紫色が目にも鮮やか。繊細な飾り切りが美しい。

「いただきます」

まずは素材そのままを味わおうと、なにもつけずに口に運ぶ。揚げたてのため、ものすごく熱い。ハフハフ言いながら飲み込んだ。

「とろっとろですね」

「サクッとした衣とのバランスが絶妙だな」

「はい、本当に」

ナス本来の甘さが油と一緒に染み出してくる。

「おいしいです」

ふたりの感想にシェフは目礼で答えた。

その後、アスパラやゴーヤ、パプリカなどの夏野菜の串揚げが続き、濃厚な車エビやホタテなどの魚介が揚げられていく。

子持ち昆布にウニとキャビアを添えた串揚げや、ズッキーニとフォアグラを揚げた逸品は、食べるのが申し訳ないほど煌びやかだ。

こだわりの食材が目の前で揚げられていくライブ感は、食べるだけは得られない楽しさがある。

そして、いよいよ最高ランクの神戸牛の串揚げが出された。

サクッと軽い衣を噛んだあと、やわらかな肉が口の中でほろりと崩れて一瞬でなくなる。

「……お肉が消えました」

まるでマジックのよう。口に入れたのかさえ定かではなくなる。

「さすが最上級の肉。シェフのたしかな腕があってこそでしょうね」

下処理の方法や揚げ時間などは食材によって変える必要がある。旨味を最大限に引き出すには、これまでの経験やセンスがものをいうだろう。

「恐縮です」

「あちらでも大いに期待していますよ」

貴俊がグラスを手に取り、乾杯するような仕草をする。

「〝あちらでも〟？」

貴俊の言葉に違和感を覚え、明花はふたりの顔を見比べた。

「この店のオーナーは雪平照美氏なんだ」

「えっ、ここがそうだったんですか」

明花は目を丸くした。先ほど雪平家で話題になったレストランに連れてこられるとは思いもしない。

「とは言え、今日限りで閉店だけどね」

貴俊が店のスタッフを全員引き抜いたからだ。ここはもう続けてはいけない。

会社の金を流用していたくらいだから、取締役を解任された照美には資金もないだろう。

「これからも精進します」

シェフはかしこまって頭を下げた。

その後も神戸牛を野菜と組み合わせた串揚げを数本食べ、コース料理の締めとしてきくらげと穴子の炊き込みご飯、ラストには三種のフルーツシャーベットを堪能。明花たちは店を出た。

外はまだ雨模様。でも先ほどよりはだいぶ小降りだ。

貴俊が差した傘にふたりで入る。

「相合傘、初めてです。……なんだか照れますね」

いかにもカップルという感じがくすぐったい。時折肩が触れ合うのもドキドキする。

「できることなら明花の初めては、俺が全部奪いたい」

「そ、そうですか」

「そうですかって」

クスッと笑いながら、貴俊が腰で明花を小突く。

「返し方がわからなくて」

貴俊の甘い言葉にうまく受け答えできず、無難な〝そうですか〟をつい使ってしまう。たぶん明花は永遠に上手な受け答えは習得できないだろう。貴俊の前だと照れが先行して、頭の中はなにもまとまらない。

「明花のそういうところ、じつは大いにそそる」

「はい？」

「初心なのがたまらないって言ってる。でも俺の前だけにしろよ」

耳元で独占欲を示され、鼓動がリズムを崩した。

「……はい」

一緒に暮らしはじめて二カ月弱経つのに、そんな反応しかできない。

傘で弾ける雨の音を聞きながら、ふと先日の出来事が明花の頭に浮かんだ。

（このくらいの雨なら……）

傘を差している彼の手を掴む。

「貴俊さん、車まで雨を避けていきませんか？」

と言っても、車はもうすぐそこだけれど。

「雨を、避ける？」

貴俊は不思議そうに聞き返した。

「この前、万智ちゃんとお昼を食べたあと雨に降られたんですが、傘がなくて。そしたら万智ちゃんが『避けて走りましょ』って」

貴俊が口角を上げてにっこり笑う。

「いいね、面白そうだ。よし、行こう」

左手には畳んだ傘を持ち、右手は明花と繋いでその場から走りだした。

街のカラフルなネオンが映り込んだ水たまりを蹴り、降り注ぐ雨の雫から逃げる。

ぴょんぴょん跳ねる足取りは、気分同様、ステップを踏むように軽い。手を引かれて右に左に振られ、時折貴俊と体がぶつかるたびに笑いが沸き起こった。

「明花に騙されたな」

車に乗り込んですぐ、貴俊が軽く睨んで続ける。

「避けられなかったじゃないか」

つい笑ってしまった。雨のほうがすばしっこいみたいです」

「おかしいですね。雨のほうがすばしっこいみたいです」

「なるほど、俺たちが鈍いせいなのか」

「だけど、思ったほど濡れていませんから」

バッグから取り出したハンカチで彼の髪を拭う。

小雨だったおかげでびしょ濡れにはなっていない。

(意外と避けられていたんじゃないかな)

思い出して笑いが零れる。

「そうだな。ものすごく気分もいい」

貴俊がハンカチを奪い取り、明花の頬を拭う。熱を孕んだ空気がにわかに舞い降り、胸が高鳴っていく。間近で絡んだ視線を逸らせない。

「明花」

吐息交じりの囁き声はキスの合図。どちらからともなく引き寄せられ、唇を重ねる。やわらかな感触を楽しむように何度も角度を変えるキスは、次第に深く甘くなっていく。雨に濡れた体は痺れ、それだけで物足りなくなるのは当然の成り行きだった。

最後にリップ音を立ててキスを解いた貴俊は、エンジンをかけ車を発進させた。

「明花、早く帰ろう」

早く触れ合いたい。

S極とN極を無理やり引きはがした感覚が、体じゅうに駆け巡る。互いに強く欲しているのを肌で感じていた。

赤信号で足止めされるたびに気持ちが逸り、青信号に切り替わるまでを頭の中でカウントした。

マンションの部屋に帰り着くなり、強烈に引き合うのを止められない。後ろから抱きしめられた瞬間、自分が思う以上に焦がれていたのを痛切に感じる。玄関のオートロックが締まるのと、振り向かされて唇を奪われるのはほぼ同時だった。

キスを交わしながらパンプスを脱ぎ、服を脱がせ合う。

「雨に濡れたから」

体であたため合うのかと思いきや、貴俊に誘導されたのはバスルームだった。

「明花は濡れるのが好きなんだろう?」

いじわるな囁きも快楽を高めるスパイス。中途半端に脱がされた状態でなだれ込み、熱いシャワーが肩から下着を濡らす。

貪るように舌を絡ませながら最後の一枚を剥ぎ取られ、濡れた素肌を貴俊の指先が艶めかしく滑っていく。

円を描いたり弧を描いたり、繊細な動きに甘い吐息を止められない。重い呪縛から自由になった解放感が、明花を大胆にしていく。

彼の動きに合わせ、与えられる刺激的な悦びに体をくねらせる。

「貞淑な妻だと思っていたが」

貴俊がクスッと笑って続ける。

「俺はまだ明花のすべてを知らないようだ」

「……こんな私は嫌いですか？」

後ろから抱き込まれるようにして揺らされながら肩越しに振り返ると、待ち構えていた彼の唇と触れ合った。

「いや、最高」

降りしきるシャワーの雨の中、淫らな吐息と水音を立てて激しく交わり合う。

貴俊と初めて結ばれた夜に、これ以上はないと思ったはずの幸せは日々更新され、どんどん積み重なっていく。

雪平家で過ごしてきた不遇の時代は決して消えはしないけれど、あのときがあったからこそ今の幸せがあるのだと思えるようになった。

「貴俊さん、好き……愛してます」

「俺も愛してるよ、明花。……世界でただひとり」

抱きしめられながら耳元で囁かれ、快楽の渦はひと際大きくなる。

何度も「愛してる」と言い合いながら、ふたりはともにその果てに向かった。

遠い記憶の結び目

夏の日差しがやわらぎ、秋の気配が見えはじめた九月下旬、仕事が休みの明花は大事な封筒を抱えて桜羽ホールディングスの本社に向かっていた。

十一月下旬に予定されているふたりの結婚式の準備が急ピッチで進められており、貴俊に招待客リストを確認してもらうためである。

午前中に連絡がありブライダルサロンへ立ち寄り、その足で向かっている。自宅で見てもらえば済む話ではあるものの、昼休みに彼から電話が入った際にその話を振ったところ、午後に時間が取れるから会社に来てほしいと要請があったのだ。

仕事の邪魔はできないと何度も断ったが、打ち合わせの合間の休息に付き合ってほしいと言う。

『正直、リストの確認というより明花の顔が見たいだけ』

そう言われれば、明花は簡単に浮かれてしまう。いそいそと支度をしてマンションを出た。

貴俊が照美と佳乃と対峙して以降、ふたりからの嫌がらせは嘘のように止んだ。

会社を追われ、レストランは閉店。さすがにその一件で秋人も庇う気持ちがなくなったのだろう。照美は離婚も余儀なくされた。

貴俊に強く釘を刺されたふたりは、今度こそ本当に明花の前に現れることはない。

駅から徒歩五分。高層ビルが建ち並ぶオフィス街でとりわけ高いビルを目指す。

貴俊の職場に足を運ぶことなどなかなかないだろうから、貴重な機会を大切にしようと思いつつ、エントランスの自動ドアをくぐった。

すぐさま現れた三階層の吹き抜けに圧倒される。道路に面したガラス張りの壁から光が射し込み、とても明るい。左手の壁にある桜羽ホールディングスのコーポレートロゴマークを見て、わけもなく誇らしくなる。

(ここが貴俊さんの会社なんだ……)

今は副社長だが、年明けには現社長である貴俊の父親が会長に退き、社長就任が決まっている。若き社長として大きな責任を負うプレッシャーもあるはずなのに、貴俊はそれを微塵も感じさせず、むしろ自信を漲らせているように見えた。

貴俊にメッセージで到着を知らせると、しばらくして彼が現れた。

明花を見つけてやわらかな表情を浮かべたのも束の間、男性社員がすれ違いざまに彼に声をかける。

「副社長、お疲れ様です」

「ああ、お疲れ様」

瞬時に表情を切り替え、仕事モードにシフトする。

たったひと言、労いの言葉をかけただけなのに、シャープな目元の凛々しさに明花はつい見惚れてしまう。

仕事中の彼を見るのが初めてだからか、社員に挨拶をしている程度でも胸に迫るものがある。

貴俊は軽く手を上げて明花の前で立ち止まった。

「迷わなかった？」

「はい。どのビルよりも高いので。それよりお仕事中にごめんなさい」

「俺が呼んだんだから気にするな。行こう」

貴俊は今降りてきたエレベーターに明花を誘った。

行き交う人たちが貴俊を見つけ、襟を正して挨拶をする。どことなく緊張感が漂うのは、貴俊から静かな気迫が発せられているせいだろう。空気がピリッとする。

でも決して嫌なものではなく、背筋が伸び、気持ちが引きしまって心地いい。

ただそれも束の間。彼らの視線が明花に集まるようになると、腰が引けてくる。

「もしかして副社長の奥さん？」

「きっとそうだよね」

明花たちが通り過ぎたあとにヒソヒソ声が聞こえてくるため気が気でない。

（貴俊さん素敵だから、不釣り合いって思われてるんじゃないかな。想像と違うとか。せめてシャキッと歩かないと。貴俊さんに見合う人になりたい）

威風堂々とした彼の隣で方々に会釈をしながら、エレベーターに乗り込んだ。

肩を上下させて大きく息を吐き出す。

「なに、どうした」

「思った以上に人がたくさんいらしたので、しっかりしないといけないなって緊張してしまって」

副社長の妻なら、きっとそれなりの人物を思い描いているだろう。

「そんな気負わなくていいから」

貴俊はクスッと笑いながら明花の背中をトントンと軽く叩いた。

取締役たちの部屋が並ぶフロアに到着すると、ひときわ風格のある男性が秘書らしき人物を従えて向かいから歩いてきた。貴俊の父、丈太郎《じょうたろう》である。

髪の毛こそ白髪交じりで年齢を感じさせるが、姿勢の良さやまとう空気が爽やかで若々しい。凛々しい顔立ちは貴俊が受け継いだ遺伝子だろう。年齢を重ねた貴俊の姿を容易に想像できる。

「明花さんじゃないか」

「お義父様、こんにちは」

足を止めて頭を下げた。

お見合いのときには丈太郎に会えなかったが、結婚前に一度顔を合わせ、それ以降は何度か貴俊とふたりで実家を訪れている。

おおらかな丈太郎がいつも明花を歓迎してくれるため、愛人の子という負い目をまったく感じずに済むのはありがたい。

大企業のトップなら家柄を大事に考えても仕方がないのに、丈太郎は貴俊同様、出自は気にする必要はないと言ってくれているのだ。

「こんなところまで追いかけるほど貴俊に会いたかったのかね」

「いえ、違うんです。あ、会いたくないというのではなくて」

冗談だとわかっているが、返し方に戸惑う。

「父さん、変なことを言って明花を困らせないでくれ」

高笑いをする丈太郎を貴俊が仲介する。

「いやいや、夫婦が仲良しなのは一番。妻をもっと幸せにしようと、貴俊も仕事に精が出るだろう」

「私は今でも十分幸せですが、桜羽ホールディングスの発展のためにも貴俊さんを精一杯支えていこうと思っています」

「それは頼もしい。お恥ずかしい話、私は妻を幸せにできなかった男なのでね、その点に関して私は貴俊には惨敗だ」

貴俊の母親は彼が幼い頃に家を出たと、結婚してしばらく経ってから聞いている。

「父さん、なにも今そんな話をここでしなくても」

貴俊は苦笑いだ。

「まぁそうだな。仲睦まじいふたりを見てついね。ともかく貴俊をよろしく頼んだよ」

「はい、承知いたしました」

にこやかに歩きだす丈太郎に続き、秘書が会釈をして通り過ぎていく。

ふたりの背中を見送り、明花は貴俊に「行こう」と促された。

毛足の長い絨毯が敷き詰められた通路を彼と並んで進む。一画にはゴージャスなアレンジフラワーやアーティスティックな絵画が飾られ、いかにも重要人物が詰めるフロアである。

「ある程度想像はしていましたけど、やっぱり立派な会社ですね。重厚感が漂っています」

「企業はどこもこういうものじゃないか？」

「そうなんでしょうか」

明花はいろいろな会社を転々としてきたが、ここまで素晴らしい社屋を知らない。

「私じつはグループ企業に勤めていたことがあるんです。片野不動産の前なんですが」

「知ってる」

「え？」

驚いて聞き返したが、ちょうど副社長室の前に到着し、貴俊が「入って」とドアを開けた。

黒を基調とした品格のある室内にはプレジデントデスクとチェア、応接セットなどが整然と並び、機能的な空間となっている。

付近ではここが一番高層なのだろう、目線の高さに建物はなく、眼下はまるでミニチュア。遠くに街並みが広がる。

「こんなに景色のいい部屋なら気持ちよく仕事ができそうですね」

いや、もしも明花なら窓の外ばかり見て、逆に仕事にならないかもしれない。

「それは最初のうちだけ。そのうち壁に飾られた絵と同じようになるよ」

「太陽の傾きで色が変わるなんて贅沢な絵ですね」

「たしかに。とりあえずそこに座って」

クスッと笑い明花にソファを勧め、貴俊はデスクにある電話の受話器を手に取った。

「糸井、部屋まで頼む。とびきりうまいコーヒーもふたつよろしく」

ひと言添えて受話器を置き、貴俊は明花の隣に腰を下ろした。

「早速、見てもらってもいいですか？」

今日の本題である招待客リストを封筒から取り出す。ふたつ折りにしていた用紙を開いて彼に手渡した。

明花側の招待客は父親と片野不動産の三人でテーブルひとつ分だが、貴俊は総勢三百人にも及ぶ。新婦との格差が在り過ぎるため、それでも抑えたほうだ。

ひとりずつ丁寧に確認を進めているとドアがノックされ、男性が入室した。

手にしているトレーにはカップがふたつ並んでいる。

（この人が秘書なのかな）

勝手に女性をイメージしていたが、男性秘書のようだ。

明花は立ち上がり、その場で頭を下げた。

「初めまして、明花と申します。いつも夫がお世話になっております」

「ご丁寧にありがとうございます。副社長の秘書を担当しております糸井と申します。こうしてお目にかかれて光栄です」

「糸井は秘書たちを取り仕切る秘書室長なんだが、有能だから俺が手放せなくてね」

「副社長がこの人間はだめ、あっちもだめとわがままをおっしゃるものですから、私が務めざるを得ないと申しますか」

冗談めかして言い合えるのは関係性が良好な証拠である。

「わがままは余計だ」

「これは失礼いたしました。じつは以前――」

「糸井」

なにか言おうとした糸井を貴俊が静かな声で止める。

糸井はそこで言葉を呑み込み「奥様、どうぞおかけくださいませ」と話を変えた。なにを言いかけたのか気になったが、言葉に甘えて腰を下ろす。

「はい、では失礼します」

糸井は貴俊と明花の前にコーヒーを置いた。

「〝とびきりうまいコーヒー〟でございます」

貴俊の言い回しを大真面目に真似る。

「お手並み拝見といこう」

貴俊は不敵な笑みを浮かべてカップに口をつけた。

「まあまあだな」

「相変わらず手厳しいですが、精進します」

糸井は胸に手をあて恭しく目線を下げて続ける。

「突然、副社長の奥様がお越しになったものですから、社内が騒然としていますよ」

エントランスでの情報が、もう秘書室にまで届いているのかと驚く。取締役など社内の要人に関するものは、側近である秘書たちに素早く伝えられるのかもしれない。

「お騒がせして申し訳ありません」

貴俊がどんな女性を選んだのか、あちらこちらで噂したくなる気持ちはわかる。

「明花が謝罪する必要がどこにある？」

「その通りでございます。それにいい意味で、でございますので」

「……いい意味で？」

首を傾げてふたりを交互に見る。

「想像以上に素敵な女性だと、みな口々に言っております」

「そうか、それは失敗した」

貴俊は顎に手を添え眉間に皺を寄せるが、明花にはなにがどう失敗なのかがわからない。

「明花の美しさは俺ひとりがわかっていればよかったのに。痛恨のミスだな」

思わず顔を見合わせた糸井がふっと鼻から息を漏らす。堪えきれず笑ってしまった感じだ。

「副社長がそんなに独占欲の強いお方だとは知りませんでした」

明花もまったく知らなかった事実だ。

「自分でも驚いてるよ、糸井」

「とにかくお幸せそうでなによりです。では、副社長、私はそろそろ下がりますが、なにかございましたらお呼びくださいませ。奥様、コーヒーは冷めないうちにどうぞ。〝まあまあ〟だそうですから」

「はい、〝まあまあ〟のコーヒー、おいしくいただきます。ありがとうございました」

糸井は目元を軽く細め、入室したときのように恭しく一礼。トレーを小脇に抱え、ドアを開けたまま立ち止まった。

「言い忘れるところでした。これからエレベーターの点検作業があると、施設管理課より連絡が入っております。ご不便をおかけしますが、停止板の置かれたエレベーターはお乗りになりませんようお願いいたします」

「了解。ありがとう」

貴俊は軽く手を上げ、糸井を見送った。

ふたりきりになり、軽く息を吐く。無意識に体に力が入っていたらしい。

「緊張したって顔に書いてある」

「会社関係の方にお会いするのは初めてだったので。でも気さくな方なので話しやすかったです」

堅そうに見えたため身構えたが、その印象は話してすぐに変わった。

「本人に伝えておくよ」

「ありがとうございます。早速コーヒーをいただきますね」

ソーサーごとカップを手に取り、口をつけた。

それからほどなくして招待客リストの確認を終え、明花は貴俊とともに副社長室を出た。

階下のエントランスまで見送ると言って聞かない貴俊とエレベーターを待つ。先ほど糸井が言っていた停止板は、三基あるうちのひとつのドアの前に置かれていた。

ランプの点滅とともにエレベーターの扉が開き、貴俊とふたりで乗り込む。

「これからまたブライダルサロンへ？」

「はい。早いほうがいいと思うので」

「一緒に行けなくて悪いな」

「大丈夫ですよ。帰りがてら寄るだけなので」

サロンは沿線上にあるため途中下車するだけだ。

「そうだ。今夜、なにか食べたいものはありますか？」

休みだから時間はある。普段はつい手間がかからないものになりがちだが、今日は煮込み料理だってオーブン料理だってできる。

明花が尋ねたそのとき、エレベーターが静かに停止する。一階に到着したのかと思いきや、扉は開かない。

「開かないですね」

「ああ。たぶんまだ一階には到着してない」

「えっ、それじゃ途中で止まってしまったんでしょうか」

不安に包まれた明花が声を震わせると、今度はエレベーター内が不意に暗くなった。

「きゃっ」

思わず悲鳴が漏れ、貴俊の腕にしがみつく。

「大丈夫だ。おそらく点検だろう。停止板を立て間違えたか」

こんなときでも冷静な貴俊は明花をそっと引き寄せた。

「大丈夫でしょうか……」

声が震えるのが自分でもわかる。

（このままここに閉じ込められたりしない？　いきなりワイヤーが切れて、階下まで落下しない？）

不安の種が明花の頭に次々と浮かんでは消えていく。

「じきに動くだろうから心配いらない。俺がいるだろう？　なにも怖がる必要はない」

「そう、ですよね」

これは点検。なにも問題はないと自分に言い聞かせる。

彼の力強い言葉に励まされ、体の震えが収まっていくのを感じる。非常灯がぼんやり灯る中、ふと幼い頃の出来事を思い出した。

あれは明花がまだ小学生にも満たない年齢のときだった。こんなふうに暗く狭い場所に閉じ込められて泣きじゃくった記憶だ。

（たしか珍しくお義姉様に誘われて公園で遊んでいて……）

明花はいきなり物置小屋のようなところに押し込められた。外に出ようとしたが中からはなぜか扉が開かず、どんどん日は落ちて暗闇が迫りくる。あまりの恐怖で泣き叫んだ、辛い記憶が唐突に蘇ってきた。

再び体が小刻みに震える。

「明花？　大丈夫か？」

「……はい」

そう答えた歯はカチカチと音を立てた。

今はもうあのときではない。今こうして明花はここにいるのだから。

（だけど、あのとき私はどうやってあそこから出たの……？）

記憶の断片が、細切れに脳裏に映し出される。

（たしか誰かが……）

ドアを叩く音と声に明花は飛びついた。

「明花、これでも舐めて気分を紛らわせよう」

貴俊が明花の手にアメをのせる。それはイチゴ味のアメだった。

（──そう、あのときもこうしてアメをもらって。たしかこれと同じアメだわ）

明花は息を呑んだ。

『おにいちゃん、おなまえは？』

『桜羽貴俊』

『さくらばたかとし？　ねえ、おにいちゃん、おっきくなったらめいかをむかえにきてほしいの』

『え？』

『このおうちからだして。めいか、おにいちゃんといきたい。けっこんしたら、おうちをでられるんでしょう？　だからけっこんして』

それは唐突に訪れた、鮮烈な記憶の再生だった。

「貴俊さんは、もしかしてあのときの……」

ひとり言のようにぽつりと呟く。

もしかしなくても、きっとそう。

明花の中でおぼろげだった記憶が今、はっきりと姿を現した。

「貴俊さんは覚えていないかもしれませんが、私、幼い頃に貴俊さんに助けてもらっています」

ただ単に同姓同名なのではない。絶対に同一人物だという自信が、なぜか明花にはあった。

どうしてなのかはわからない。でもそうなのだ。

「覚えてる」

「……え?」

薄明かりの中、貴俊を見上げる。

「だから明花を迎えにいった」

それは予期せぬ告白だった。

「それじゃ、あの約束を守るために?」

子どもの頃に交わした、他愛のない約束だったのに。

「帰国後、専属秘書を選抜するためにグループ企業の中から優秀な人物をリストアップしたとき、偶然明花の名前を見かけて奇跡かと思ったよ」

糸井が先ほど『じつは以前』と言いかけたのは、このことだったのかもしれない。

貴俊に制されて口を噤んでしまったけれど。

「もしかしてこの子は、あのときの子なんじゃないかって。今、明花が誰かと幸せでいるならそれでいいと思ったが……」

「片野不動産に来たのは、私に会うため?」

「約束を覚えていようがいまいが、どんな女性に成長したのか会ってみたかった。まさか、大人になったキミに恋するとは思いもせずね」

レベルに見合う物件はいかにもなさそうな不動産に、なぜ貴俊が訪れたのか不思議だったが、こういうわけだったのかとようやく説明がついた。

「調べていく中で雪平ハウジングの経営難を知って、これなら無理なく明花を雪平家から引き離せると考えたんだ。一刻も早くそうしたかったから、恋愛から結婚に持ち込む時間が惜しかった」

「どうして約束のことを話してくれなかったんですか?」

貴俊が話してくれれば、きっとそのときに思い出したはず。政略結婚の形を取らなくてもよかっただろう。

「義理の姉に意地悪された辛い過去なんか覚えていないほうがいい。明花が忘れているのなら、嫌な記憶をわざわざ蘇らせたくなかった」

明花の肩に乗せられた貴俊の手から、ぬくもりがじんわり伝わってくる。

貴俊と再会したあのときから、明花は彼の優しさに守られていたのだ。

「貴俊さん、ありがとうございます……」

熱い想いが胸に込み上げてくるのを止められない。

悲しいだけだった過去の記憶の中に、今はっきりと貴俊の存在を見つけた。

あのときの小さな出会いが、明花を最上級の幸せに導いてくれたのだ。

「思い出して辛くないか？」

それでもなお明花を心配する貴俊を笑顔で見上げる。

「それどころかとっても幸せです。私、貴俊さんに会えて本当によかった。あのとき全力で助けを呼んだ自分が誇らしいです」

「明花の声に気づいた俺は、大手柄を立てたわけだ」

「はい……」

どちらからともなく顔を寄せ合い、唇が重なる。

人には幸せと不幸せが平等に訪れるという。

（だとしたら、この先の私にはきっと幸せしか訪れない）

二十数年の時を経て、貴俊と巡り合えた奇跡に明花は心から感謝した。

キスを解くと同時に、まるでタイミングを見計らったかのようにエレベーター内が明るくなる。

「動きだしそうだな」

パネルが点灯し、再びゆっくりと下降をはじめたエレベーターは無事に一階で停止した。

扉が開き、その先にいた作業員が驚いて目を見開く。

「停止板があったはずですが……」

「いや、ありませんでした」

貴俊に〝ね？〟と同意を求められ、明花も「はい」と頷く。

「申し訳ありませんでした。置き間違えたようです」

作業員はあたふたと慌てるが、貴俊と明花は満面の笑みだ。

「間違えてくれてありがとう」

「ありがとうございました」

「……は？」

目を点にする作業員に一礼し、貴俊と明花はエレベーターから降り立った。

世界で一番の幸せ者

遠くまで澄み渡る青空にひと筋の飛行機雲が長くたなびく。

十一月も終わりの爽やかな空は、貴俊と明花の門出を祝うかのように美しい。

これから執り行われる式を前に、明花の準備を待つ貴俊は光沢のある白いタキシードに身を包み、外の空気を吸いにやって来た。

立派なガーデンは紅葉が進み、赤や黄色の葉が鮮やかな色を見せている。その中に建つ真っ白なチャペルは、まるでおとぎの国に迷い込んだように美しい。

清々しい風が、セットした貴俊の髪を揺らして逃げていく。

明花とはすでに結婚生活をはじめているのに、やけに神聖な気持ちになるのはチャペルという場所柄か。襟を正して背筋を伸ばしたくなる。

「貴俊」

名前を呼ばれて振り返ると、そこに父の丈太郎がいた。

太陽の眩しさに目を細めながら近づいてくる。

「我が息子ながら立派な姿だな」

大袈裟過ぎてかなわない。

「やめてくれ」

「桜子《さくらこ》にも見せてやりたかった」

「……いきなりなんだよ」

丈太郎が唐突に母親の名前を出したため、柄にもなく動揺する。

その名が出たのは、彼女が家を出てから初めてだった。

「お前には辛い思いをさせたよな。不甲斐ない父親で申し訳なかったと思ってる。どうか桜子を恨まないでやってくれ」

「恨んではいない。ただ、永遠に守られない約束が悲しいだけだよ」

「約束？　桜子となにか約束をしたのか？」

「いつか必ず迎えにくるから。母さんはそう言っていたんだ。それなのに迎えどころか……」

一度も顔を見せないまま勝手に死んだ。

おかげで貴俊は〝約束〟にトラウマがある。

交わした約束を守るために必死になり、それでも破ってしまったときにはひどく落ち込む。

明花を探したのも、そのためだ。もちろん彼女との結婚は愛あってのものだが。

「貴俊には言えなかったんだが、桜子は一度、貴俊を引き取らせてほしいと願い出てきたことがある」

「……え？」

「生活の基盤も間もなく整うから、ぜひそうさせてほしいと。だが……」

丈太郎が顔を曇らせる。

「なにがあったか教えてくれ」

貴俊が食い下がると、丈太郎は深く息を吐いて続けた。

「病気が見つかったんだ。それも完治が相当難しい病気だ。貴俊を引き取れば、治療に専念するのは難しいだろう。だから泣く泣く諦めた。そして治療の甲斐もなく……」

母親が病気でこの世を去ったのは貴俊も知っている。だが、そんな事情が隠されていたとは知る由もない。

丈太郎はそこで唇を噛みしめた。離婚した妻への、やり場のない複雑な感情が滲む。もしかしたら丈太郎も、妻との離婚は本意ではなかったのかもしれない。だが仕事に忙殺され、寂しい想いをしている妻を引き止めるのは酷だと思ったのだろうか。

「それならせめて生きているうちに病気だと知らせてほしかった」

一緒に暮らすのはともかく、見舞いにだって行けたはずだ。

「桜子が貴俊には知らせないでほしいと私に懇願したんだ。アメリカで頑張っている貴俊に二度も悲しい想いはさせたくないとね。私も断腸の思いだったのだよ」

丈太郎は握りしめた拳を小さく震わせた。

その言葉に嘘はないのだろう。父親なりに息子の幸せを願い、元妻の想いも尊重したかったに違いない。

「桜子の分も幸せになれとは言わない。そうできなかったのは私の不手際だからね。だが、桜子の想いだけはわかってやってほしい。貴俊を本当に愛していたことだけは」

丈太郎は貴俊の肩をトンと叩き、中へ戻っていった。

ひとり残された貴俊は、高い青空を振り仰ぐ。

(母さんは俺を迎えようと……)

約束を守ろうと必死だった。

忘れたのでも、意図して破ったのでもない。

息子を迎えにいこうと本気で考えていた。運悪くそれが叶わなかっただけだった。

(そう、だったのか)

母との約束は、小さいくせにやたらと鋭い棘のようだった。いつまでもじくじくと疼き、ふとしたときにその存在を感じてきた。

長い間ずっと胸の奥につかえていたものが、すーっと溶けて消えたような気がする。

「桜羽、そろそろ時間じゃないか？」

「明花さんの準備が整ったみたいよ」

充と佐奈が揃って手招きをする。

「秋の空を眺めて、感傷的な気分に浸ってどうした。そんなロマンティストだったか？」

「ああ。知らなかったとは残念だな」

充のからかう声を軽くかわし、彼らのもと——いや、愛する妻のもとへ足を向けた。

パイプオルガンの荘厳な音色がチャペルに響き渡る。

父親に手を引かれ、一歩ずつゆっくり貴俊の前まで歩みを進める明花に貴俊は見惚れた。

マーメイドラインのドレスを着た明花は神々しいほど。まさに女神と言っていい。

（この女性が、本当に俺の妻でいいのだろうか）

世の中には美しい女性は数知れず。しかし内面から滲み出た、真に美しい明花にかなう人はいないだろう。

参列者の間からもうっとりとするため息が波のように漏れていく。

もはや神父の誓いの言葉も耳に入らない。

貴俊は隣に立つ明花から目を離せず、真横を向いたまま。神父から咳払いをされ、仕方なく前を向いた。

「それでは誓いのキスを」

ベールを上げ、明花と見つめ合う。目を閉じた彼女にそっと唇を重ねた。

それは世界で一番神聖で、幸せなキスだった。

挙式と披露宴を終え、貴俊と明花はある場所へ向かっていた。

明花がどうしても行きたい場所があると、珍しくわがままを言ったのだ。

『私、会いたい人がいるんです』

『会いたい人？　誰？』

まさか式に呼んでいない義母や義姉ではないだろうなと邪推し、つい険しい顔を向ける。

『お義母様です』

明花がそう言ったときには、やはりそうきたかと頭を抱えた。

なぜ、こんなめでたい日に。

『私の亡くなった母のお墓にはお参りしてもらいましたけど、私はまだ貴俊さんのお義母様のお墓には行っていないんです。紹介してもらえませんか？』

『〝お義母様〟って、俺の？』

『もちろんです。ほかにどなたかいますか？』

明花が不思議そうに尋ねる顔を見て、義理のふたりのことなど頭にこれっぽっちも残っていないのだとわかり嬉しくなる。

『いないか。だけど今日？』

明花が頷く。

『今これから？』

『ぜひそうしたいです。お義母様も、きっと貴俊さんの晴れ姿を見たかったと思うんです』

まるで丈太郎との会話を聞いていたかのよう。

『もう着替えてしまいましたけど、せっかくだから今日お会いしたい。……ダメですか？』

めったにわがままを言わない明花にそう言われれば、貴俊は叶えてやらずにはいられない。なにより母親に明花を引き合わせたかった。

タクシーを飛ばして着いたのは、都心からそう遠くない霊園だった。遠くに海が見渡せる、とても見晴らしのいい場所だ。母方の祖父母が眠る墓に桜子は眠っている。

じつは墓参りに来るのは初めてだった。捨てられた感が強く、どうしても来られなかったのだ。

丈太郎の告白を聞かなければ、永遠に訪れなかったかもしれない。明花に誘われたからこそ、こうして足を運べたのだ。

霊園の管理者に案内され、母の墓石の前に立つ。

「母さん、なかなか来られなくてごめん」

そう言ったあと、言葉が続かなくなった。

何年も不義理をしてきたのは自分のほうだと知ったから。

それを察したのか、明花が貴俊の背中に手を添える。大丈夫だと言われた気がした。

「俺の奥さんを連れてきたよ」

「初めまして、明花と申します。貴俊さんのことは私が幸せにしますので、安心してください」

頼もしい言葉が貴俊を優しく包み込む。

明花はここへ来る途中、フラワーショップで用意した花を花瓶に移し替えた。ピンクや白のかわいい花のおかげで、無機質な墓石が一気に華やぐ。〝桜子〟という名前にぴったりだ。

「素敵な女性だって言ってる」

「お義母様が？　嬉しい」

笑みを零しながら手を合わせる明花の隣で、貴俊も手を合わせた。

暮れていく薄紫の空に、遠く一番星が輝く。

「明花、俺をここに連れてきてくれてありがとう」

「私のほうこそ、わがままを聞いてくれてありがとうございます」

笑い合った明花の額に唇を押し当てた。

世界中の誰よりも幸せな男だと実感しながら。

エピローグ

目の前に並んだ三つの小箱を前にして、明花は混乱していた。

リースやツリーなどの飾りつけをした華やかなリビングには、クリスマスにちなんだ音楽が静かに流れるが、明花はひとり茫然と立ち尽くす。

なにげなく開けた引き出しの奥から出てきたベルベット素材の箱の蓋を開けると、想像もしないものが出てきたのだ。

明花は同じものを持っている。でもそれが、ほかに三つも出てきたのだ。

「どういうこと……？」

ぽつりと呟きながら、そのうちのひとつを手に取る。

それは明花が貴俊から贈られた婚約指輪とデザインが同じものだった。

ところが薬指に嵌めてみると、サイズが僅かに大きい。

「え？　それじゃこっちは？」

べつのリングを薬指に滑らせるが、今度は途中で止まる。最後のひとつは三つの中で一番大きなものだった。

同じものが、この家には四つもある。

(ほかの誰かのために用意したもの？　……のはずはないわよね)

貴俊の愛を疑う要素はなにひとつない。明花だけが愛されていると実感する日々なのだから。

不思議な事態を前にして困惑していると、貴俊が大きな包みを手にして帰宅した。

「ただいま、明花。……なにかあったのか？」

明花の表情ひとつで察するのは相変わらずである。

「貴俊さん、これって……」

ダイニングテーブルに並べた指輪を指差すと、貴俊は盛大に目を開き大股でやって来た。

「どうして同じものがこんなにあるんでしょう」

貴俊は、開いたままになっているキャビネットの引き出しを振り返り、頭を掻きむしった。

決まりが悪そうなのは一目瞭然だ。

「婚約指輪だ」

「そうですよね、私が持っているものと同じです。だけどどうして？」

「明花の指のサイズをリサーチし損ねたから、平均的なサイズを四つ作って、ね」

それはとんでもない打ち明け話だった。

(サイズがわからないからといって四つも作るなんて……)

理解できず、明花は目を真ん丸にして貴俊を見つめた。

「聞きもしないのにサイズがぴったりだと明花を驚かせられるだろう？　カッコつけたかっただけ」

明花から目を逸らし、僅かに眉根を寄せる。

いたずらを咎められた子どものよう。

「だけど、最初に出したものが合わなかったら？」

「明花のためにサイズを変えていくつか作ったと言えば、〝私のためにそこまで〟と感激させられるだろう。一発勝負か連発勝負だ」

思いがけない告白を聞き、明花はふふっと笑ってしまった。

(私を喜ばせようとそこまでするなんて)

凛とした風情の冷静な大人の男である貴俊が、そんなふうに考えたとは。

「貴俊さん、かわいい」

「か、かわいい？」

貴俊が愕然とする。そういうつもりはまったくないみたいだ。

「だって、ふふっ」

「こら、笑い過ぎだ」

コツンと頭を小突かれた。

「ごめんなさい。そこまで想ってもらえたなんて嬉しいです。本当にありがとうございます」

婚約指輪を四つも買ってもらった女性は、きっとこの世に明花ひとりだけ。特別感が明花をウキウキさせる。

「お礼ついでに、こっちも」

貴俊は手にしていた包みを明花に差し出した。大きさの割に軽い。

「メリークリスマス」

「わぁ、ありがとうございます。開けてもいいですか?」

貴俊が手で〝どうぞ〟という仕草をする。

ワクワクしながらリボンを解き、袋の中に手を入れた。

(これは……)

やわらかな感触のそれを思いきって取り出す。

「……クマ」

それはクマのぬいぐるみだった。

子どもの頃、クリスマスに母に買ってもらった大切なものだったのに、汚いからと言って義母に捨てられたものとそっくり。

「〝みっちゃん〟とはちょっと違うかもしれないけど」

「えっ」

驚いて貴俊を見つめる。

（今、みっちゃんって言った？　どうしてその名前を？）

貴俊にぬいぐるみの話はしていないはずだ。

「義理の母親に捨てられたと、幼い頃の明花が俺に話してくれた」

「あのとき私が？」

結婚を迫った場面は思い出していたが、その会話は覚えていない。

「泣きながら地面に絵を描いてくれたよ」

「そうでしたか……」

「ふたりで初めて迎えるクリスマスには、絶対にこれをプレゼントしようと決めていたんだ」

貴俊は優しく笑った。

想像もしていないサプライズが、明花の胸を熱くする。

こんな形で〝みっちゃん〟が帰ってくるなど、誰が予想できただろうか。

あのとき義母に無慈悲に捨てられたぬいぐるみが、母のあたたかい思い出と一緒に今、明花のもとに帰ってきた。

「嬉しい」

クマを抱きしめ、顔を埋める。

これほど素敵なクリスマスプレゼントはほかにない。

「貴俊さん、ありがとう」

「喜んでもらえて俺も光栄だよ」

貴俊は明花をぬいぐるみごと抱きしめた。

これ上ないぬくもりに包まれ、幸せを噛みしめる。

「私も貴俊さんにプレゼントがあるんです」

「俺はいらないと言っただろう? 欲しい物ならとっくに手に入れてる」

それが明花だと言いたいのだろう。

クリスマスになにかプレゼントしたいと相談したが、明花は彼に『なにもいらない』と辞退されていた。

そうはいかず悩みに悩んでいた先週末、とっておきの〝もの〟が見つかった。

貴俊だけでなく、明花にとっても最高の贈り物と言ってもいい。

「そう言わずに聞いてください」

「聞く？」

貴俊は明花をそっと引き離し、小首を傾げた。

「貴俊さんとの赤ちゃんができたそうです」

明花が告白した瞬間、貴俊から表情が失せる。

無の表情。喜びも悲しみも、怒りもなにもない顔だ。

（もしかして嬉しくないのかな。だけど前に、子どもは欲しいと言っていた記憶があるんだけど）

明花が不安に包まれたそのとき、貴俊の喜びが爆発する。

「それは本当か!?　俺たちの子どもが!?」

「はい、生理が遅れていたので念のために病院に行ったら――」

「そうか。いや、ほんとに嬉しい。っていうか、嬉しいを通り越して気がおかしくなりそうだ」

明花の言葉を遮り右往左往する。よほど気が動転しているのか、なにをどうしたらいいのかわからない様子だ。

とにかく喜んでくれているのは十分に伝わってきたため、ほっとすると同時に嬉しくなる。

「私、やっと貴俊さんにお返しができた気がします」

「お返し？」

貴俊は不思議そうに聞き返した。

「貴俊さんにはいつも与えられてばかりだったので」

「べつに与えていたつもりはない。俺の自己満足だから」

「そう言うとは思っていましたけど」

クスッと笑いながら貴俊を見つめ返した。

貴俊に包まれた愛から生まれた大切な命は、明花にとっても何物にも代えがたい。

そして同時に感じたことが、ひとつある。

「私、思うんです。お義母様は貴俊さんを心から愛していたんだって。貴俊さんを置いて家を出たかもしれませんが、それは決して愛情がなくなったからじゃないって」

お腹に命が宿った今だから、明花にはよくわかる。

まだ小さいのに、途方もなく愛しい存在だから。

「そうだな。俺も今そう考えてた」

「命を授けてくれてありがとう」

「俺のほうこそありがとう、明花。最高のクリスマスだ」

貴俊は明花のお腹に慎重に手をあてた。

かけがえのない想いがそこから伝わってあたたかい。

明花は自分の手を彼に添えた。

これからは三人で、幸せなときを過ごしていく。

「メリークリスマス」

互いに囁き合いながら唇を重ねた。

おわり

特別書き下ろし番外編

太陽だけが見ていたキス

明花が貴俊と結婚してから三年の月日が流れた。

ふたりの間に誕生した娘は真衣《まい》と名づけられ、二歳になったばかり。目まぐるしい毎日を送っているが、日を追うごとに成長著しい真衣と貴俊との生活は明花の心をなによりも潤してくれる。

真衣が幼稚園に入ったら短時間でも仕事に復帰するつもりのため、それまでに少しでもスキルアップしようと、今は宅建の資格取得を目指して勉強にも励んでいる。

充実した日々はとても楽しい。

日差しが一段と強まった七月下旬、桜羽家の庭では安斉家を招いてバーベキューが行われていた。

充と佐奈の間にも、時を同じくして第一子が誕生。風斗《ふうと》と名づけられた彼らの息子は、真衣に初めてできた友達でもある。

青々とした芝生の一画には、結婚前に貴俊が話していたように幼児用のジャングルジムやブランコがあり、広がるのはあの日、貴俊とふたりで思い描いていた未来予想図。その景色を見るだけで幸せな気持ちが溢れてくる。

出張シェフにより、テーブルには肉や野菜の串が所狭しと並び、食欲をそそる香ばしい匂いが立ち込めている。それにつられて料理を堪能しながら、佐奈たちと子育て談議に花が咲く。

「着替えさせようとすると逃亡されて鬼ごっこにならない？」

「あぁ、なりますなります」

明花が佐奈に激しく同調する。お風呂のあとは特にそうで、体も拭けずにびちょびちょのままリビングで追いかけっこがはじまる。

最後にはお風呂からあがった貴俊まで参戦して三人で大運動会。それはもう賑やかである。

「真衣は最近イヤイヤ期に突入したみたいで」

ね？と貴俊と頷き合う。

「そっか、真衣ちゃん、もうイヤイヤがはじまったかぁ」

「うちはまだ呑気なものだな。で、どう対処してるの？」

「なんでもかんでもイヤって言うので、『食べないよね？』とか『帽子被らないよね？』ってわざと否定で聞いて『イヤ』って言わせたりしてます」

「なるほど。つまり『食べる』とか『被る』ってことでしょ?となるわけか。うまいね!」

充が拍手して明花を持ち上げるが、貴俊は苦笑いだ。

「でも、それで通じる相手ではないんだよな、これが」

まさに彼の言う通りである。

「成功するときもあるんですけど、余計にイヤイヤが発動するときもあって」

魔の二歳児とはよく言ったものだ。

「だけど結局、なにをしてもかわいいんですよね」

「ああ、そうよね。おしっこやよだれが汚いと思わない相手なんて、そうそういないものね」

「なんだよ、そのたとえは!」

佐奈の言葉に充が激しいツッコミを入れ、その場は笑いに包まれた。

話題の中心になっている真衣と風斗は、芝生に設置した散水スプリンクラーで絶賛水浴び中である。四方八方に飛び散る水に太陽が反射して、小さな虹を作っていた。

「ママ~!　みて~!　あめ、あめ。きゃ~っ!」

真衣は両手を空に向かって広げ、降り注ぐ水を全身で浴びている。耳の上でふたつに結んだ髪が揺れ、水滴が弾け飛ぶ。

「ひゃははは！」

風斗は芝生にできた水たまりでばちゃばちゃと音を立てて足踏み。ふたりとも頭からびっしょりだ。

「あらあら、楽しそうね」

「ママもー」

おいでと真衣が手招きをすれば、風斗もつられて「ママー」と飛び跳ねる。

明花は佐奈と顔を見合わせて立ち上がった。母親を迎えに来たふたりに手を引かれ、明花と佐奈もスプリンクラーの洗礼を浴びる。

「きゃーっ」

しかし冷たさを感じたのは最初だけ。降り注ぐ強い日差しのおかげで、むしろ気持ちがいい。

「貴俊さんもきて！」

「充くんも！」

「パパ～！」

四人から誘われれば、断れないだろう。ロッキングチェアで寛ぎつつワイングラスを傾けていたふたりは、困ったように笑いながら揃ってやって来た。

「よし、誰が一番びしょ濡れになれるか競争だ」

充の提案に子どもたちが「わーっ！」と歓喜の声をあげる。

貴俊がスプリンクラーの水量を増やしたため、水の傘はさらに大きく広がった。

「おみず、すごーい」

真衣も風斗も大喜びして明花たちの周りを飛び回る。

笑い声をあげながら、明花はふと、貴俊と雨を避けて走った夜を思い出した。

辛い過去を完全に振り切ったあの夜は、明花にとってとても特別な夜だった。

それは恵の雨だったと言ってもいい。

晴れた空に降るスプリンクラーの雨も、あのときと同じように明花を幸せな気持ちにさせていた。

愛する夫と娘に囲まれる毎日は、どの瞬間を切り取っても美しく、ほかには替えのきかない大切なもの。こんなにも幸せに満ちた日を送れるなんて、雪平の家にいた頃の明花にはとても想像できなかった。

この日常が永遠に続きますようにと強く願ってやまない。

「貴俊さん」

笑顔弾ける彼の名前をそっと呼び、肩に手を添えた。

大丈夫。充も佐奈も、水遊びに夢中で明花たちのことなど見ていない。

秘めた祈りが通じたのか、貴俊が微笑みながら腰を屈める。

「明花」

そのあとに続く愛の言葉を内に秘め、熱烈な太陽の光に照らされながら、ふたりは秘密のキスをした。

おわり

あとがき

最後までお読みくださりありがとうございます。虐げられて育った明花が幸せを掴むまでのお話はいかがだったでしょうか。

不幸な生い立ちのヒロインを書くのには、正直躊躇いがありました。書きながら暗く鬱々とした気持ちになりそうだったからです。

でも明花は芯が強く、弱い立場ながらもしっかり生きてきたため、作者でありながら逆に勇気づけられました。

作中には自分の体験談を織り込むことが多々ありますが、今回はふたつありました。

ひとつ目は「おでんのちくわ」。明花が佳乃に意地悪された、からしを仕込まれたちくわです。

私の場合、犯人は夫でしたが、新婚時代のちょっとした（?）いたずらで、今でもたまに思い出話として持ち出します。もちろん、かすかに恨みを乗せて（笑）

ふたつ目は、雨を避けるシーンです。大学時代、不意に雨に降られたとき、一緒にいた友人が唐突にそう言って駆けだしたことがずっと印象に残っていて、いつかどこかで使おうと思っていたエピソードです。普段からファンタジックで不思議な人でしたが、そのときはこっそり胸をくすぐられたものです。

ほかの作家さんにも、きっとそんなエピソードがあるはず。今度機会があったら聞いてみたいと思います。

最後になりますが、この度もたくさんの方たちに支えられ、助けられて一冊の本になりました。いつものことながら、感謝の気持ちでいっぱいです。

読者の皆様にも、この場を借りてお礼を申し上げます。大切な時間をこの本を読むために使ってくださり、感謝に堪えません。またこのような機会を通してお会いできる日を楽しみにしております。

紅《くれない》カオル

紅カオル先生への
ファンレターのあて先

〒104-0031
東京都中央区京橋1-3-1
八重洲口大栄ビル7F
スターツ出版株式会社　書籍編集部　気付

紅カオル先生

本書へのご意見をお聞かせください

お買い上げいただき、ありがとうございます。
今後の編集の参考にさせていただきますので、
アンケートにお答えいただければ幸いです。

下記URLまたは二次元コードから
アンケートページへお入りください。
https://www.berrys-cafe.jp/static/etc/bb

政略婚姻前、冷徹エリート御曹司は秘めた溺愛を隠しきれない

2024年4月10日　初版第1刷発行

著　者　紅カオル
©Kaoru Kurenai 2024
発行人　菊地修一
デザイン　カバー　ナルティス
フォーマット　hive & co.,ltd.
校　正　株式会社 文字工房燦光
発行所　スターツ出版株式会社
〒104-0031
東京都中央区京橋1-3-1　八重洲口大栄ビル7F
TEL　03-6202-0386（出版マーケティンググループ）
TEL　050-5538-5679（書店様向けご注文専用ダイヤル）
URL　https://starts-pub.jp/
印刷所　大日本印刷株式会社

Printed in Japan

乱丁・落丁などの不良品はお取替えいたします。
上記出版マーケティンググループまでお問い合わせください。
定価はカバーに記載されています。

ISBN 978-4-8137-1568-9　C0193

ベリーズ文庫 2024年4月発売

『もう恋はしないはずが──凄腕パイロットの激愛は拒めない【ドクターヘリシリーズ】』 佐倉《さくら》伊織《いおり》・著

ドクターヘリの運航管理士として働く真白。そこへ、2年前に真白から別れを告げた元恋人・篤人がパイロットとして着任。彼の幸せのために身を引いたのに、真白が独り身と知った篤人は甘く強引に距離を縮めてくる。「全部忘れて、俺だけ見てろ」空白の時間を取り戻すような溺愛猛攻に彼への想いを隠し切れず…。

ISBN 978-4-8137-1565-8／定価748円（本体680円＋税10%）

『余命1年半、かりそめ花嫁はじめます～初恋の天才外科医に救われて世界一の愛され妻になるまで～』 葉月《はづき》りゅう・著

OLの天乃は長年エリート外科医・夏生に片思い中。ある日病が発覚し、余命宣告された天乃は残された時間は夏生のそばにいたいと、結婚攻撃に困っていた彼の偽装婚約者となる。それなのに溺愛たっぷりな夏生。そんな時病気のことがばれてしまい…。「君の未来は俺が作ってやる」夏生の純愛が奇跡を起こす…！

ISBN 978-4-8137-1566-5／定価737円（本体670円＋税10%）

『愛しているから、結婚はお断りします～エリート御曹司は薄幸令嬢への一途愛を諦めない～』 高田《たかだ》ちさき・著

社長令嬢だった柚花は、父親亡き後叔父の策略にはまり、貧しい暮らしをしていた。ある日叔父から強制された見合いに行くと、現れたのはかつての恋人・公士。しかも、彼は大会社の御曹司になっていて!?　身を引いたはずが、一途な愛に絆されて…。「俺が欲しいのは君だけだ」──溺愛溢れる立場逆転ラブ！

ISBN 978-4-8137-1567-2／定価748円（本体680円＋税10%）

『政略婚姻前、冷徹エリート御曹司は秘めた溺愛を隠しきれない』 紅《くれない》カオル・著

父と愛人の間の子である明花は、継母と異母姉に冷遇されて育った。ある時、父の工務店を立て直すため政略結婚することに。相手は冷酷と噂される大企業の御曹司・貴俊。緊張していたが、新婚生活での彼は予想に反して甘く優しい。異母姉はふたりを引き裂こうと画策するが、貴俊は一途な愛で明花を守り抜き…。

ISBN 978-4-8137-1568-9／定価748円（本体680円＋税10%）

『捨てられ秘書だったのに、御曹司の妻になるなんて　この契約婚は溺愛の合図でした』 蓮美《はすみ》ちま・著

副社長秘書の凛は1週間前に振られたばかり。しかも元恋人は後輩と授かり婚をするという。浮気と結婚を同時に知り呆然とする凛。すると副社長の亮介はなぜか突然契約結婚の提案をしてきて…!?　「絶対に逃がしたくない」──亮介の甘い溺愛に翻弄される凛。恋情秘めた彼の独占欲に抗うことはできなくて…。

ISBN 978-4-8137-1569-6／定価748円（本体680円＋税10%）

ベリーズ文庫 2024年4月発売

『再会したクールな警察官僚に燃え滾る独占欲で溺愛保護されています』 鈴《すず》ゆりこ・著

OLの千晶は父の仕事の関係で顔なじみであったエリート警察官僚の英介と2年ぶりに再会する。高校生の頃から密かに憧れていた彼と、とある事情から同居することになって⁉　クールなはずの彼の熱い眼差しに心乱されていく千晶。「俺に必要なのは君だけだ」抑えていた英介の溺愛が限界突破して…！

ISBN 978-4-8137-1570-2／定価748円（本体680円＋税10%）

『「役立たず」と死の森に追放された私、最強竜騎士に拾われる～溺愛されて聖女の力が開花しました～』 晴《はる》日《ひ》青《あお》・著

捨てられた令嬢のエレオノールはドラゴンの卵を大切に育てていた。ある日竜騎士・ジークハルトに出会い卵が孵化！　しかも子どもドラゴンのお世話役に任命されて⁉　最悪な印象だったはずなのに、「俺がお前の居場所になってやる」と予想外に甘く接してくる彼にエレオノールはやがてほだされていき…。

ISBN 978-4-8137-1571-9／定価759円（本体690円＋税10%）

ベリーズ文庫 2024年5月発売予定

Now Printing

『こんなはずではなかったのだが…… ― 女嫌いな天才脳外科医は真実の愛に目覚める』 滝井《たきい》みらん・著

真面目OLの優里は幼馴染のエリート外科医・玲人に長年片想い中。猛アタックするも、いつも冷たくあしらわれていた。ところある日、働きすぎで体調を壊した優里を心配し、彼が半ば強引に同居をスタートさせる。女嫌いで難攻不落のはずの玲人に「全部俺がもらうから」と昂る独占愛を刻まれていって…!?

ISBN 978-4-8137-1578-8／予価748円（本体680円＋税10%）

Now Printing

『タイトル未定（御曹司×かりそめ婚）』 惣領《そうりょう》莉《り》沙《さ》・著

会社員の美緒はある日、兄が「妹が結婚するまで結婚しない」と誓っていて、それに兄の恋人が悩んでいることを知る。ふたりに幸せになってほしい美緒はどうにかできないかと御曹司で学生時代から憧れの匠に相談したら「俺と結婚すればいい」と提案されて!? かりそめ妻なのに匠は蕩けるほど甘く接してきて…。

ISBN 978-4-8137-1579-5／予価748円（本体680円＋税10%）

Now Printing

『～憧れの街べリが丘～恋愛小説コンテストシリーズ 第1弾』 未《み》華空《はなぞら》央《お》・著

恋愛のトラウマなどで男性に苦手意識のある澪花。ある日たまたま訪れたホテルで御曹司・蓮斗と出会う。後日、澪花が金銭的に困っていることを知った彼は、契約妻にならないかと提案してきて!? 形だけの夫婦のはずが、甘い独占欲を剥き出しにする蓮斗に囲われていき…。溺愛を貫かれるシンデレラストーリー♡

ISBN 978-4-8137-1580-1／予価748円（本体680円＋税10%）

Now Printing

『さよならの夜に初めてを捧げたら御曹司の深愛に囚われました』 森野《もりの》りも・著

OLの未来は幼い頃に大手企業の御曹司・和輝に助けられ、以来兄のように慕っていた。大人な和輝に恋心を抱くも、ある日彼がお見合いをすると知る。未来は長年の片思いを終わらせようと決心。もう会うのはやめようとするも、突然、彼がお試し結婚生活を持ちかけてきて！未来の恋の行方は…!?

ISBN 978-4-8137-1581-8／予価748円（本体680円＋税10%）

Now Printing

『タイトル未定（ドクター×契約結婚）』 真彩《まあや》-mahya-・著

看護師の七海は晴れて憧れの天才外科医・圭吾が所属する循環器外科に異動が決定。学生時代に心が折れかけた七海を励ましてくれた外科医の圭吾と共に働けると喜んでいたのも束の間、彼は無慈悲な冷徹ドクターだった！ しかもひょんなことから契約結婚を持ち出され…。愛なき結婚から始まる溺甘ラブ！

ISBN 978-4-8137-1582-5／予価748円（本体680円＋税10%）

タイトル、価格等は変更になることがございますのでご了承ください。